市井烟火话通俗

大众的文学

《中国大百科全书》青少年拓展阅读版编委会　编

中国大百科全书出版社

图书在版编目（CIP）数据

市井烟火话通俗·大众的文学 /《中国大百科全书》青少年拓展阅读
版编委会编 . —北京：中国大百科全书出版社，2019. 9
　（中国大百科全书：青少年拓展阅读版）
　ISBN 978-7-5202-0595-5

　Ⅰ. ①市… Ⅱ. ①中… Ⅲ. ①通俗文学—文学史—中国—古代—青少年
读物 Ⅳ. ① I207.709-49

中国版本图书馆 CIP 数据核字（2019）第 208759 号

出 版 人	刘国辉
策划编辑	李默耘　程　园
责任编辑	程　园
封面设计	WONDERLAND Book design 仙境 QQ:344581934
责任印制	李　鹏
出版发行	中国大百科全书出版社
地　　址	北京阜成门北大街 17 号
邮　　编	100037
网　　址	http://www.ecph.com.cn
电　　话	010-88390739
印　　刷	蠡县天德印务有限公司
开　　本	710 毫米 ×1000 毫米　1/16
字　　数	108 千字
印　　张	9
版　　次	2019 年 9 月第 1 版
印　　次	2020 年 1 月第 1 次印刷
定　　价	36.00 元

本书如有印装质量问题，请与出版社联系调换

序

百科全书（encyclopedia）是概要介绍人类一切门类知识或某一门类知识的工具书。现代百科全书的编纂是西方启蒙运动的先声，但百科全书的现代定义实际上源自人类文明的早期发展方式：注重知识的分类归纳和扩展积累。对知识的分类归纳关乎人类如何认识所处身的世界，所谓"辨其品类""命之以名"，正是人类对日月星辰、草木鸟兽等万事万象基于自我理解的创造性认识，人类从而建立起对应于物质世界的意识世界。而对知识的扩展积累，则体现出在社会的不断发展中人类主体对信息广博性的不竭追求，以及现代科学观念对知识更为深入的秩序性建构。这种广博系统的知识体系，是一个国家和一个时代科学文化高度发展的标志。

中国古代类书众多，但现代意义上的百科全书事业开创于1978年，中国大百科全书出版社的成立即肇基于此。百科社在党中央、国务院的高度重视和支持下，于1993年出版了《中国大百科全书》(第一版)(74卷)，这是中国第一套按学科分卷的大百科全书，结束了中国没有自己的百科全书的历史；2009年又推出了《中国大百科全书》(第二版)(32卷)，这是中国第一部采用汉语拼音为序、与国际惯例接轨的现代综合性百科全书。两版百科全书用时三十年，先后共有三万多名各学科各领域最具代表性的专家学者参与其中。目前，中国大百科全书出版社继续致力于《中国大百科全书》(第三版)这一数字化时代新型百科全书的编纂工作，努力构建基于信息化技术和互联网，进行知识生产、分发和传播的国家大型公共知识服务平台。

从图书纸质媒介到公共知识平台，这一介质与观念的变化折射出知识在当代的流动性、开放性、分享性，而努力为普通人提供整全清晰的知识脉络和日常应用的资料检索之需，正愈加成为传统百科全书走出图书馆、服务不同层级阅读人群的现实要求与自我期待。

《〈中国大百科全书〉青少年拓展阅读版》正是在这样的期待中应运而生的。本套丛书依据《中国大百科全书》(第一版)及《中国大百科全书》(第二版)内容编选，在强调知识内容权威准确的同时力图实现服务的分众化，为青少年拓展阅读提供一套真正的校园版百科全书。丛书首先参照学校教育中的学科划分确定知识领域，然后在各类知识领域中梳理不同知识脉络作为分册依据，使各册的条目更紧密地结合学校课程与考纲的设置，并侧重编选对于青少年来说更为基础性和实用性的条目。同时，在条目中插入便于理解的图片资料，增加阅读的丰富性与趣味性；封面装帧也尽量避免传统百科全书"高大上"的严肃面孔，设计更为青少年所喜爱的阅读风格，为百科知识向未来新人的分享与传递创造更多的条件。

百科全书是蔚为壮观、意义深远的国家知识工程，其不仅要体现当代中国学术积累的厚度与知识创新的前沿，更要做好为未来中国培育人才、启迪智慧、普及科学、传承文化、弘扬精神的工作。《〈中国大百科全书〉青少年拓展阅读版》愿做从百科全书大海中取水育苗的"知识搬运工"，为中国少年睿智卓识的迸发尽心竭力。

本书编委会

2019 年 9 月

目　录

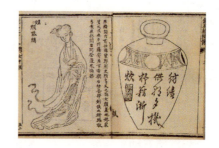

《聂隐娘》

中国唐代传奇。裴铏《传奇》中的一篇。《太平广记》卷一九四引，今世传《甘泽谣》也收此篇，实为明人误辑。写贞元中魏博大将聂锋女儿聂隐娘10岁时被一个尼姑偷走，5年后送回。隐娘自称已随尼姑学到剑术。后来自愿嫁给磨镜少年。魏帅与陈许节度使刘昌裔不和，派隐娘去取刘氏头颅。刘昌裔神机妙算，知道隐娘要来，以殊礼相待。隐娘夫妇被他的礼遇所感动，于是留居在许地，击毙魏帅派来的精精儿，击走妙手空空儿。刘氏死后，隐娘恸哭离去。开成年间，昌裔之子刘纵在蜀栈道遇到隐娘，此后隐娘不知所往。《聂隐娘》作为晚唐时期出现的侠义小说，内容怪异荒诞，不过，在一定程度上再现了当时藩镇割据、相互倾轧以及暗杀之风盛行的史实。《聂隐娘》与《红线》两篇均描写女侠，成为后来女侠小说的雏形。此篇对后世文学创作影响较大，宋话本《西山聂隐娘》、《初刻拍案惊奇》卷四《程元玉店肆代偿钱 十一娘云冈纵谭侠》入话、清代尤侗《黑白卫》杂剧、裴琰《女昆仑》传奇皆据此改编。

《虬髯客传》

中国唐代传奇小说。又名《扶余国主》《张虬须传》。《太平广记》《崇文总目》《通志·艺文略》等皆不署作者姓名；《容斋随笔》、《宋史·艺文志》、今人汪辟疆《唐人小说》等皆以为杜光庭（850—933）作；《说郛》所引《豪异秘纂》《虞初志》等则题张说作；李剑国《唐五代志怪传奇叙录》认为作者是裴铏

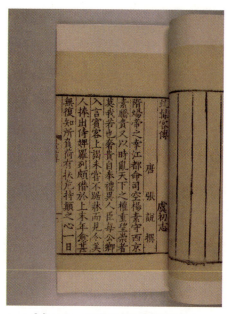

《虞初志·虬髯客传》（明刻本）

生动，在人物描写上相当成功，红拂的机智勇敢、虬髯的豪爽慷慨都得到鲜明的刻画。虬髯、红拂、李靖，历来被称为"风尘三侠"。明代凌濛初《虬髯翁》杂剧、张凤翼《红拂记》传奇、张太和《红拂传》传奇、冯梦龙《女丈夫》传奇等均取材于此篇。

（860前后）。《虬髯客传》原为《传奇》中一篇。写隋末李靖以布衣谒见司空杨素，杨素家中执红拂的侍妓看中李靖，夜奔李氏，相约私逃太原。途中遇到虬髯客，与红拂妓结为兄妹。虬髯客本有帝王之志，见到李世民后，其志遂消，他推资财、授兵法给李靖，让他辅佐李世民创建帝业，自己则率海船千艘、甲兵十万，进入扶余国为国王。小说宣扬真命天子，鼓吹李唐皇室的正统地位，所载与史实多有出入。此篇艺术成就较高，文笔细腻

《昆仑奴》

中国唐代传奇。裴铏所撰《传奇》中的一篇。"昆仑"是唐代对今中印半岛及南洋群岛的一种泛称。"昆仑奴"是对那一地区人民侨居中国者的通称。本篇写崔生与某一品勋臣的歌伎红绡相恋，但一品家门垣深密，锁禁甚严，无由相会；幸得崔生家中老仆昆仑奴磨勒帮助，救红绡出牢笼，使有情人终成眷属。

唐代自安史之乱后，出将入相的勋臣大抵生活骄奢淫逸。篇中穷奢极欲的一品勋臣，正是当时权贵的典型概括。一品恃势掠夺民间女子为歌伎，红绡便是被他出镇朔方时"逼为姬仆"的。昆仑奴磨勒拯救被压迫的弱女子，成全青年男女对幸福爱情的追求，则反映了人民的愿望。故事结尾处，老仆昆仑奴磨勒在围捕中，"持匕首飞出高垣，瞥若翅翎，疾同鹰隼，攒矢如雨，莫能中之。顷刻之间，不知所向"，颇具浪漫色彩。

作品语言简洁，叙述婉转。篇中描写崔生看见伎人时的腼腆，红绡对崔生以手势示意的动作，独坐空闺长叹盼望的心情及面诉苦衷的言辞，都很生动传神。

《太平广记》收录此篇。明代梁辰鱼据以撰写《红绡》杂剧，梅鼎祚则写有《昆仑奴》杂剧。

《红线》

唐代传奇。袁郊所撰《甘泽谣》中的一篇。《太平广记》卷一九五引，《类说》《绀珠集》节录，分别题作《歌妓红线》《红线》。写潞州节度使薛嵩家青衣红线多才多艺。薛嵩亲家、魏博节度使田承嗣招募军中武勇之士3000人，号称"外宅男"，谋求吞并潞州。薛嵩听说此事后，日夜担心、害怕。红线自告奋勇，夜往魏城盗得田承嗣床头

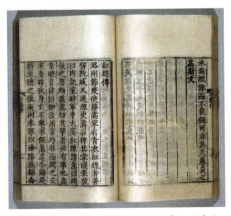

《虞初志·红线传》（明弦歌精舍刻本）

金盒。第二天薛嵩派人送信给承嗣，并送还金盒。承嗣大惊，马上打消了吞并潞州的念头，并且给薛嵩送去一份厚礼。一天，红线忽然辞去，不知所往。此篇反映了当时人们对消除藩镇纷争、国家安定的愿望。篇中也流露出明显的报恩思想。小说成功塑造了红线出身低贱却身怀绝技、智勇双全的侠女形象。宋话本《红线盗印》、明代梁辰鱼《红线女》杂剧、更生子《双红记》传奇皆演此事。

人，王宙郁郁而别，倩娘赤脚步行，赶上王宙，与他一道离开。两人在蜀中住了 5 年，生下两个孩子后，同归衡州探亲，才知倩娘几年间病卧在床，不曾离开闺房一步。王宙正在惊疑之际，卧病的倩娘与另一个倩娘合为一体，原来与王宙同去的是倩娘的魂灵。《离魂记》以离奇怪诞的情节歌颂了当时的青年男女对礼教的抗争精神，反映了他们对自由幸福的爱情的向往与追求。此篇创作受到六朝刘义庆《幽明录》中《庞阿》的启发，同时，它对唐以后的文学作品，如元代郑

《离魂记》

中国唐代传奇。陈玄祐撰。《太平广记》卷三五八引，题作《王宙》。玄祐为唐代宗大历时人，生平不详。写武后天授三年（692），清河张镒幼女倩娘与表兄王宙暗中相慕，后来张镒把倩娘许配给他

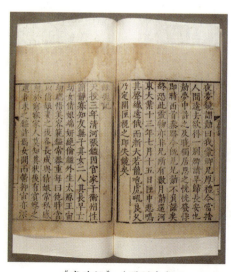

《离魂记》（明刻本）

光祖的《迷青琐倩女离魂》、明代汤显祖的《牡丹亭》等，都产生一定的影响。

《南柯太守传》

中国唐代传奇。李公佐撰。《太平广记》卷四七五引，题作《淳于棼》，注出《异闻录》。《类说》卷二十八《异闻集》题为《南柯太守传》。宋代赵彦卫《云麓漫钞》称作《大槐国传》。《古今事文类聚》题为《大槐宫记》。创作于唐德宗贞元十八年（802），写淳于棼家居广陵郡东十里，宅南有棵大古槐树。一天，他因醉酒梦入大槐安国，受到国王厚待，娶公主，任南柯太守，生五男三女。后来淳于棼带兵与檀萝国作战，败

绩。公主又死，蜚声遂起。国王怀疑他，派人将他送回。淳于棼梦醒后才知大槐安国实际上是蚁穴。于是他栖心道门，绝弃酒色。此篇借梦境宣扬人生如梦的思想，同时，它对那些无德无能而窃居高位者加以讽刺。作者指出，所谓荣华富贵，皆如南柯一梦，不可恃以傲物凌人。《南柯太守传》流传甚广，李肇曾经为之作赞，唐人诗文中也用为典故。明代汤显祖演为《南柯记》传奇。

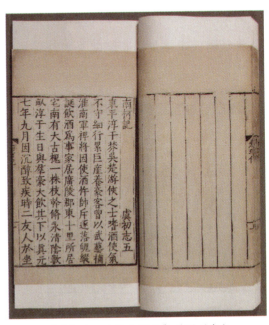

《虞初志·南柯太守传》（明刻本）

《莺莺传》

中国唐代传奇。又名《传奇》《会真记》。元稹撰。《异闻集》收此篇，题作《传奇》；《太平广记》卷四八八引，题作《莺莺传》。此篇是作者的自寓之作，借张生的经历自叙艳遇，一般认为创作于唐德宗贞元二十年（804）。关于莺莺的生活原型，宋代王铚《传奇辨正》认为是唐代永年县尉崔鹏之女，陈

寅恪《元白诗笺证稿》推测是名为曹九九的"酒家胡"，孙望《莺莺传事迹考》推断为元稹姨兄胡灵之的近族。传中讲述贞元中，张生寓居于蒲州普救寺，他的远房姨母崔氏母女也投宿在这座寺中。时值军人作乱，大掠蒲人，崔氏得到张生救护，因而无事。崔母设宴相待，让女儿以兄妹之礼拜见张生。张生被莺莺美貌所动，托崔氏婢女红娘赋诗通意，得与莺莺幽会。后来张生赴长安参加科举考试，与莺莺书信往来。一年后，莺莺已嫁给别人，张生也另有所娶。《莺莺传》文笔优美，描述生动，刻画出莺莺介于感情与礼教之间复杂而矛盾的心理。《莺莺传》对后世文学创作影响很大，金代董解元《西厢记诸宫调》，元代王实甫《西厢记》，明代李日华《南西厢记》、陆采《南西厢》、周公鲁《锦西厢》，清代查继佐《续西厢》、碧蕉轩主人《不了缘》等皆受此影响。

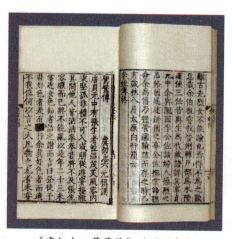

《虞初志·莺莺传》（明刻本）

《玄怪录》

中国唐代传奇小说集。作者牛僧孺，字思黯。安定鹑觚（今甘肃灵台）人。顺宗永贞元年（805）进士，宪宗元和三年（808）应贤良方正科对策第一。累官至户部侍郎、同中书门下平章事。文宗开成三年（838）拜左仆射。武宗会昌二年（842）贬循州员外长史。宣宗大中元年（847）召还，复为太子少师。一般认为《玄怪录》是他早年之作，但书中有不少故事产生于元和、长庆之后，甚至有大和年间的故事。可能混入了他人的作品，待考。

唐代小说在贞元、元和年间有很大发展，除单篇传奇盛行外，还出现了传奇小说集。《玄怪录》就是较早而著名的集子。现存有明代高承埏刻的 11 卷本和陈应翔刻的

4 卷本，都是 44 篇。其中有一部分篇目《太平广记》引作《续玄怪录》，如名篇《杜子春》《张老》《尼妙寂》等，疑问很多。另一方面，《太平广记》等书还引有今本未收的佚文。《新唐书·艺文志》著录《玄怪录》10 卷，宋陈振孙《直斋书录解题》著录有 11 卷，已经不是原书。宋人因避始祖赵玄朗讳，又改题《幽怪录》。

《玄怪录》中故事新奇，篇幅较长，文字委婉，有不少细节描写和人物对话，与唐以前的志怪小

《玄怪录》（中华民国刊本）

说显然不同。如《元无有》写 4 个物怪吟诗唱和，在主人公的名字上有意表示故事出于虚构。《郭代公》写郭元振发迹以前行侠仗义，杀掉了托名乌将军的猪怪，为民除害，情节曲折动人。《刘讽》篇中写几个女郎一起饮酒行令，互相嘲戏，语言生动，富有个性。《古元之》写理想世界和神国，无为而治，官民一致，设想极为新奇。其他如《崔环》《齐扒女》《吴全素》等篇写入冥故事，细节描写真切如见，都能引人入胜，在唐人小说中也实属罕见。

《集异记》

中国唐代传奇小说集。又名《古异记》(《郡斋读书志》卷十三)。撰者唐代薛用弱，字中胜。河东(今山西永济西)人。生卒年不详。穆宗长庆(821—824)间任光州即弋阳郡刺史，一说文宗大和中自仪曹郎出守弋阳。集中兼有纪实与志怪之作，代表作如王维演奏《郁轮袍》，王之涣(原作王涣之)旗亭画壁，蔡少霞书写山玄卿《苍龙溪新官铭》，裴越客虎为媒，崔韬遇虎女等故事，都曾为人引作典故，或编成戏曲小说。

《新唐书·艺文志》著录此书 3 卷。今本 2 卷，仅 16 篇。《太平广记》采入颇多，清人陆心源据以辑录佚文 4 卷，编入《群书校补》，稍有遗误。所辑佚文并不都出自薛用弱著，还杂有其他人的作品，如南朝宋郭季产的《集异记》、唐陆勋的《陆氏集异记》等，中华书局1980 年版《集异记》附有补编。

《集异记》(明刻本)

《酉阳杂俎》

中国唐代小说集。作者段成式，字柯古。临淄邹平（今山东邹平）人，后迁居荆州（今属湖北）。宰相段文昌之子。文宗开成初以父荫入官，任秘书省校书郎，充集贤殿修撰。宣宗大中元年（847）迁吉州刺史，九年为处州刺史。十三年罢任，退居襄阳，懿宗咸通初任江州刺史，后入朝为太常少卿。成式博学多闻，善作骈文，与李商隐、温庭筠齐名。诗多华艳。后人辑有《段成式诗》。

《酉阳杂俎》所记有仙佛鬼怪、人事以至动物、植物、酒食、寺庙等，分类编录，一部分内容属志怪传奇类，另一些记载各地与异域珍异之物。其所记述，或采辑旧闻，或出己撰。其中不少篇目颇为隐僻诡异，如记道术的为《壶史》，抄佛书的为《贝编》，述丧葬的为《尸穸》，志怪异的为《诺皋记》，等等。续集中有《寺塔记》2卷，详述长安诸佛寺的建筑、壁画等情况，保存了很多珍贵史料，常为后世编长安史志者所取资。

《酉阳杂俎》前集20卷，续集10卷，有《津逮秘书》《学津讨原》《湖北先正遗书》《四部丛刊》影印明刊本、中华书局1981年点校本等。

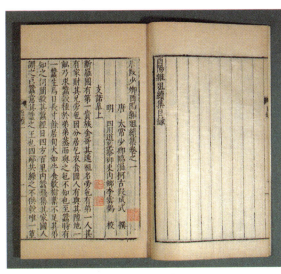

《酉阳杂俎》（明刻本）

《异闻集》

中国唐代传奇小说选集。编者陈翰。生卒年、籍贯、字号均不详。唐末人。官屯田员外郎。《新唐书·艺文志》著录《异闻集》原有 10 卷，已佚。晁公武《郡斋读书志》说它"以传记所载唐朝奇怪事，类为一书"。《太平广记》引有佚文 20 余篇，曾慥《类说》第 28 卷收有 25 篇，均为摘要。现可以考知收入此书的唐人小说的代表作 40 余篇，如《古镜记》《枕中记》《任氏传》《李娃传》《霍小玉传》《南柯太守传》《柳毅传》等，这些单篇传奇因而得以广泛流传。《太平广记》所收的一部分唐传奇，很多是依据《异闻集》转录的。鲁迅《唐宋传奇集》所选唐人作品，有 22 篇曾见于《异闻集》，可见其选材较精。此书在宋代常为人引用，又混入了宋人作品。据《直斋书录解题》记载，第 7 卷里的王魁故事，即为后人羼入。

《太平广记》

中国古代小说总集。北宋李昉、扈蒙、李穆等奉太宗之命编纂。开始于太平兴国二年（977），次年完成。全书 500 卷，目录 10 卷，取材于汉代至宋初的野史小说及释藏、道经等，引书约 400 多种。原书每条都注明出处，但错误较多，已无法精确统计。明刻本书前所列引用书目 343 种，为后人所补编，不足为据。

全书按题材分 92 类，又分 150 余细目。神怪故事所占比重最大，如神仙 55 卷、女仙 15 卷、报应 33 卷、神 25 卷、鬼 40 卷，可见其取材重点所在。此书基本上是一部按类编纂的古代小说总集，宋人晁公武、尤袤已把它列入小说类。许多已失传的书，仅在此书内存有佚文，有些六朝志怪、唐代传奇作品，全赖此书而得以流传。书中最值得重视的是杂传记9卷，《李娃传》《柳氏传》《无双传》《霍小玉传》《莺莺传》等传奇名篇，多数仅见于此书。还有收入器玩类的《古镜记》，收入鬼类的《李章武传》，收入神魂类的《离魂记》，收入龙类的《柳毅传》，收入狐类

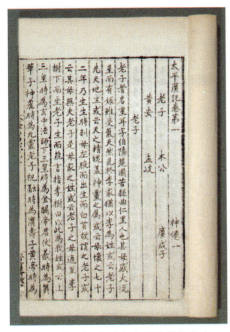

《太平广记》（明沈氏野竹斋钞本）

的《任氏传》，收入昆虫类的《南柯太守传》等，也都是现存最早的本子。

《太平广记》引书较广，有些篇幅较小的书几乎全部收录，失传的书可据以辑集，有传本的书也可据其异文互校。书中引文比较完整，不像其他类书引文多加删节。分类较细，也便于按题材检索资料。因而对校辑、研究古代小说极有价值。

《太平广记》对于后世文学的影响很大。宋代以后，唐人小说单行本已逐渐散失，话本、杂剧、诸宫调等多从《太平广记》一书中选取题材，转引故事，加以敷演；说话人以"幼习《太平广记》"为标榜（《醉翁谈录·小说开辟》）。宋人蔡蕃曾节取书中的资料，编为《鹿革事类》《鹿革文类》各30卷。明人冯梦龙又据本书改编为《太平广记钞》80卷。朝鲜人成任于1462年曾据以选辑为《太平广记详节》。明清人编的《古今说海》、《五朝小说》、《说郛》（陶珽重编本）、《唐人

说荟》等书，则往往转引《太平广记》而改题篇目，假托作者，研究者亦可据此书加以考订。

《太平广记》明代以前很少刻本流传，原书已有缺佚舛误。明嘉靖四十五年（1566），谈恺据传钞本加以校补，刻板重印，成为现存最早的版本，以后的几种刻本多从谈刻本出。另有明沈与文野竹斋钞本和孙潜校宋本、陈鳣校宋本。通行的版本是经过汪绍楹校点的排印本，1959 年由人民文学出版社出版，1961 年中华书局重印新一版。

为"盖六朝人作，而宋秦醇子复补缀以传者也"（《少室山房笔丛》卷二十九）。故事根据《汉书》所记赵飞燕与其妹昭仪受成帝专宠及杀害皇子事渲染而成。赵后为巩固自己地位，望子心切，便暗中勾引年少子弟，不慎被帝发觉；飞燕又诈托有孕，派遣宫吏偷带民间婴儿入宫，两次均告失败。这时掌茶宫女朱氏生下一儿，昭仪怒不可遏，命宫吏将婴儿摔死于柱下。此后凡宫人孕子者尽遭杀戮。成帝因荒淫过度而死。太后追问皇帝病因，昭仪畏罪自杀。小说揭露了封建最高统

《赵飞燕别传》

中国宋代传奇小说。收入刘斧《青琐高议》前集卷七，题下原注"别传叙飞燕本末"。作者秦醇，字子复（一作子履），亳州谯郡（今属安徽）人。事迹不详。胡应麟以

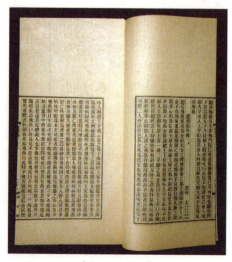

《赵飞燕别传》

治者荒淫佚乐的生活及昭仪残杀婴儿的罪恶，具有一定的批判意义。鲁迅认为"其文芜杂，亦间有俊语"（《稗边小缀》）。在秦醇创作的传奇中，不失为一篇比较可读的作品。

《江淮异人录》

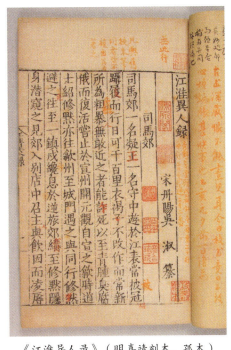

《江淮异人录》（明嘉靖刻本，孤本）

中国宋代传奇小说集。共2卷。作者吴淑。《江淮异人录》中人物大多是术士、侠客、道流。写唐人的有两则，写南唐人的有23则。他们的行为诡异怪诞，且又仗义行侠，神出鬼没。唐代传奇里已有写"异人"的作品，如《红线》《昆仑奴》《聂隐娘》等，而这部传奇出自一人之手，对后世飞仙剑侠一类小说的出现不无影响。其中如《洪州书生》《潘扆》《耿先生》《聂师道》《司马郊》等，都写得较好。

原书久佚，今本系从《永乐大典》中录出，通行有《知不足斋丛书》、《龙威秘书》本等。

《绿窗新话》

中国宋代传奇小说集。编者皇都风月主人，生平不详。书共2

卷，154 篇。罗烨《醉翁谈录·小说开辟》曾提到这本书，且其中又无宋以后作品，可据以确定它为宋人所编。《绿窗新话》多系节录或改写前人志怪、传奇、野史笔记而成，目的在于提示故事情节，供说话人作为临场敷演的蓝本。如《刘阮遇天台仙女》原出《幽明录》，《玉箫再生为韦妾》原出《云溪友议》，而出于《青琐高议》的尤多，如《任生娶天上书仙》《钱忠娶吴江仙女》《张浩私通李莺莺》等。这些作品大多描写男女神鬼的爱情和文人才女的轶事，又时以艳词亵语点染其间。有的作品对后世戏曲、小说影响颇大，如《王尹判道士犯奸》即《拍案惊奇》中《西山观设箓度亡魂，开封府备棺追活命》本事，《苏守判和尚犯奸》即《欢喜冤家》中《一宵缘约赴两情人》本事。由此可见文人创作与民间说话相互影响之关系。有古典文学出版社 1957 年校补本。

《五代史平话》

中国宋代讲史话本。原题《新编五代史平话》。北宋时东京有专讲《五代史》的艺人尹常卖。现存话本虽然刻印时代较晚，但大致还可以看出宋代所说《五代史平话》的概貌。据曹元忠跋说是宋刻巾箱本，但"每于宋讳不能尽避"，表明此书不一定是宋代刻本。《平话》于梁、唐、晋、汉、周五代各自独立，每朝分上下两卷。《梁史》《汉史》都缺下卷。开卷从伏羲、黄帝讲到黄巢起义，随后朱温篡唐，形成五代相替的局面。《五代史平话》断代成书，与《旧五代史》体例相似。也有采自其他书上的材料，尤其在细节上有虚构成分。《平话》不少地方采自正史，情节比较简单平实，文言语汇较多，也有不少说话人的用语，似是说话人粗加编纂而未经修饰的底本，也可能是书坊根据话本稍加修订而成的通俗读物。金元诸宫调、杂剧及《残唐五代志传》中流传的李存孝英雄故事和刘知远、李三娘家庭故事，在《平话》中只有简略的梗概，可见它还是较早的本子。明刻本《南宋志传》中有一部分情节与《五代史平话》相同，显然有承袭的关系，可据以补《平话》的残缺。通行本有董康诵芬室翻刻本、中国古典文学出版社排印本。

出于宋人的记载。大致可以分为10段：第一段历数前朝各个荒淫无道的昏君，直讲到宋徽宗；第二段讲王安石变法致祸；第三段讲宋徽宗用蔡京等在朝任事；第四段讲宋江等36人聚义梁山泊，即水浒故事的雏形；第五段讲宋徽宗宠爱名妓李师师；第六段讲宋徽宗信任道士林灵素；第七段讲腊月预赏元宵和元宵放灯的盛况；第八段讲金人入侵，攻陷京城；第九段讲金兵掳徽、钦二帝北行；第十段讲康王南

《宣和遗事》

中国古代讲史家话本。编者不详。又名《大宋宣和遗事》，像是宋人口吻。据说源出宋本，但可能经过后人增订，如书中说宋朝卜都之地，"一汴、二杭、三闽、四广"，当是宋亡以后所加。全书内容，都

《宣和遗事》（明刻本）

渡即位，定都临安（今杭州）。这些故事有不同的来源，文风也不一致。其中第四、五、七等段口语化程度较高，像是说话人的创作。其他部分如第九段即引自无名氏的《南烬纪闻录》、《窃愤录》（清人题辛弃疾撰）、《窃愤续录》，文字基本相同，并未有重大修改。《宣和遗事》有两种版本：《士礼居丛书》本分2集，书前有300多条分节目录；另一种版本分4集，内容相同。通行的有古典文学出版社排印本。

《全相平话五种》

中国宋元讲史家话本。元代建安（今福建建瓯）虞氏刻本，现存5种：《武王伐纣书（吕望兴周）》《乐毅图齐七国春秋后集》《秦并六国平话（秦始皇传）》《前汉书续集（吕后斩韩信）》《三国志平话》。编者不详，写作年代也不能确定。其中《武王伐纣书》开头有一首诗说："三皇五帝夏商周，秦汉三分吴魏刘，晋宋齐梁南北史，隋唐五代宋金收。"说明它是宋金以后编订的。《三国志平话》标明"至治新刊"，当为元代至治（1321—1323）以前的作品。其余4种的年代大致相差不远。这5种平话版式一致，都分3卷，每页上面约1/3版面为插图，所以称为"新刊全相平话"。原是一套丛书，绝不止这5种，至少还应该有《七国春秋前集》和《前汉书正集》。这5种平话文字都很粗疏，错别字很多，艺术水平不高。但这套丛书版刻较精，有确切的年代记载，是标准的宋元讲史话本，在中国小说发展史上有重要的史料价值，无论从故事源流、话本体制来看，或是从刻版技术来看，都很值得研究。通行本有文学古籍刊行社影印本、古典文学出版社排印本。

《董解元西厢记》

中国金代诸宫调作品。即董解元《西厢记诸宫调》，简称《董西厢》。作者姓董，"解元"是金、元社会对读书人的敬称。元代钟嗣成在《录鬼簿》中称他为金章宗时人。其生平事迹已不可详考。《董西厢》是今存宋金诸宫调最完整的作品，它是在唐代传奇元稹《莺莺传》等基础上写成的。作者把一篇不满3000字的传奇改编为5万多字的讲唱文学作品，使它在主题思想、人物形象、艺术结构、语言特点等方面呈现出崭新的面貌。它揭露封建礼教和包办婚姻的不得人心，歌颂青年要求婚姻自由的斗争，从而突出了反封建主题。人物性格也有很大变化，张生已不再是对女性"始乱终弃"的薄幸儿；莺莺仍然温柔美丽，但已不再屈从于命运；红娘这一个居于奴婢地位的少女形象也写得更有光彩。全书结构宏伟，除说词之外，它共用了包括14种宫调的193套组曲。有说有唱，曲多白少，语言优美。《董西厢》的出现，直接影响了王实甫《西厢记》杂剧的产生。这两部作品文学样式不同，语言风格各异，各有所长，是中国古典文学中表现同一题材的双璧。《董西厢》刻本甚多，人民文学出版社出版有凌景埏校注本。

《董解元西厢记》（明适适子刻本）

《元刊杂剧三十种》

中国元杂剧作品集，共收杂剧作品 30 种。原书无名，清藏书家黄丕烈题名为《元刻古今杂剧》，王国维改题今名，世所通用。原书字体大小不一，版式也有差异，剧名或冠以"大都新编"，或用"古杭新刊"。一说是元末书商汇集各地较流行的剧本合并刊印的剧集，一说黄丕烈汇集成书。其中尚有其他存本可见的 16 种，无其他存本而仅见于此书的孤本 14 种。所收关汉卿作品 4 种，其中 3 种不见于其他存本，尤称珍贵。《元刊杂剧三十种》是现存最早的元杂剧作品集，保存元杂剧的本来面貌。与明代其他刊本相比较，曲词具有更浓郁的生活气息和时代气氛。如《冤家债主》第 2 折，《范张鸡黍》第 4 折的曲词，更能表现出当时人民对黑暗统治的强烈愤懑。此外，在结构、情节、语言等方面，与同一剧目的明代诸刊本比较，也有许多不同之处。它是研究元杂剧的珍贵文献。但此书校勘粗疏，大部分作品只有唱词，没有科白，或只有科介提示。所用字体有俗体、异体。《任风子》《紫云庭》《追韩信》各缺一页，《范张鸡黍》则有残损。此书现存有元刊本，元刊影印本收入《古本戏曲丛刊》第 4 集。另有郑骞《校订元刊杂剧三十种》（1962）、徐沁君校注《元刊杂剧三十种》（1980）。

《元刊杂剧三十种·李太白贬夜郎》（元刻本）

《三国志平话》

中国元代话本。宋代汴梁（今河南开封）瓦舍众艺中有"说三分"的，讲的是魏、蜀、吴三国的军事斗争和政治斗争。元人王沂《虎牢关》诗："君不见三分书里说虎牢，曾使战骨如山高。"这里的"三分书"当指"说三分"的话本，今存《三国志平话》《三分事略》，其中有虎牢关"三英战吕布"等情节，当是这一类的书。标明元至治新刊的《新全相三国志平话》与《三分事略》当是一书的不同版本。《三国志平话》分上、中、下三卷，69节（《三分事略》略去6节，只有63节），有图70幅。书中开头叙述司马仲相阴间断狱的故事，也见于《五代史平话》中的《梁史

平话》卷上，可见《三国志平话》是有所师承的。全书基本故事不完全符合史书记载，但和元杂剧中的三国戏大致相同。《三国志平话》所叙事迹多民间传说，如庞统变狗，诸葛亮是庄农出身，刘备在太行山落草，汉帝斩十常侍把头颅拿去招安，虽非事实，然为人民所乐道。全书以诗作结，说"汉君懦弱曹吴霸，昭烈英雄蜀帝都。司马仲达平三国，刘渊兴汉巩皇图"。天下最后还是属于刘姓所有，表现了作者鲜明的封建正统思想。

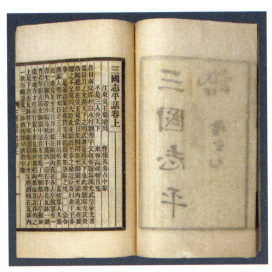

《三国志平话》卷上（民国刊本）

《太和正音谱》

中国戏曲理论著作。作者朱权（1378—1448），明太祖朱元璋第16子。封宁王，永乐元年（1403），自大宁改封南昌。因见疑于成祖，乃韬晦于"精庐"。擅鼓琴，喜好戏曲，信奉道家思想。自称作杂剧12种，现存《冲漠子独步大罗天》《卓文君私奔相如》两种。《太和正音谱》完成于洪武三十一年（1398）。《中国古典戏曲论著集成》本影写洪武年间刻本（涵芬楼秘籍本）为底本，以《元曲选》卷首附录本互校。本书内容大致可分为曲（包括戏曲和散曲）、戏曲史料、戏曲理论3个部分。曲的部分载录了元杂剧的分类，元代及明初杂剧作家的姓名、剧名和无名杂剧剧名，以及作为例曲的大量元、明散曲。所具列谱式，则完全依照《中原音韵》十二宫调的分类，列举每一宫调每一曲牌并一一举证元明之际的杂剧和散曲为例，以明其句格谱式，既是北杂剧音韵格律的规范，也是现存最早的北曲谱。《音律宫调》是全书最见特色、篇幅最大的部分。重要的不在于它新定的"乐府体式"，而在于它对十二宫调335个曲牌曲谱的标示。它所引用的原文，可以作为现存各本参照校勘之用。史料部分载有戏曲流派、角色源流、知音善歌（清唱）者的事迹。理论部分是对杂剧各种体式流派及作家艺术风格的品评，好用比喻，虽不尽切实，却因其语言简约而影响甚大。《太和正音谱》是《录鬼簿》之后摹拟它的一部重要曲学理论著作，有重要的文献价值。

《太和正音谱》（明抄本）

《虞初志》

中国唐代志怪传奇小说选集。编者不详，叶德均《戏曲小说丛考》以为是明嘉靖时人吴仲虚所编，其生平不详；《四库全书总目》题作《陆氏虞初志》，王运熙认为是陆采民编。陆采民，明中叶长洲（今江苏苏州）人，擅长戏曲，著有《明珠记》《南西厢》等传奇。

虞初是西汉小说家，相传作《周说》943篇，此书编者于是用作书名。8卷（一作7卷，内容相同）。所收除第1卷有南朝吴均《续齐谐记》以外，其余都是唐人小说，大多为唐代优秀单篇传奇，如《离魂记》《枕中记》《谢小娥传》《莺莺传》《霍小玉传》《飞烟传》《无双传》《虬髯客传》等。或记神怪之事，或写男女恋情。由于选择较精，在明代颇为流行，屠隆、汤显祖、袁宏道等皆有评语。各篇文字，也可资校勘。有明弦歌精舍、如隐堂刻本、乌程闵氏朱墨套印本、1917年扫叶山房石印本等。

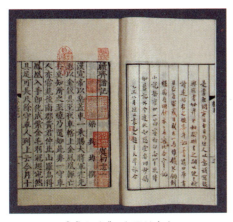

《虞初志》（明刻本）

《水浒传》

中国明代长篇小说。关于它的作者，明人记载不一。郎瑛《七修类稿》中说："《三国》《宋江》二书，乃杭人罗本贯中所编。予意旧必有本，故曰编。《宋江》又曰钱

塘施耐庵的本。"高儒《百川书志》载:"《忠义水浒传》一百卷。钱塘施耐庵的本,罗贯中编次。"李贽《忠义水浒传叙》中提到作者时,说是"施、罗二公"。此外,田汝成《西湖游览志馀》和王圻《稗史汇编》都记罗贯中作。胡应麟《少室山房笔丛》则说是"武林施某所编""世传施号耐庵"。综上各说,明人大致有 3 种说法:施耐庵作、罗贯中作和施、罗合作。现在学术界大都认为施耐庵作。施耐庵生平不详,一般认为是元末明初人。吴梅《顾曲麈谈》记施耐庵即元末剧作家施惠,不甚可靠。自 20 世纪 20 年代以来,江苏兴化地区陆续发现了一些有关施耐庵的材料,如《施氏族谱》《施氏长门谱》和《兴化县续志》所载的《施耐庵墓志》和《施耐庵传》等。但这些材料相互矛盾处不少,且有明显不可信处,因此对于这些材料的真伪问题,学术界意见颇不一致,尚待进一步研究。

成书 《水浒传》取材于北宋末年宋江起义的故事。据《东都事略·侯蒙传》:"(宋)江以三十六人横行河朔,京东官军数万无敢抗者。"又据《宋史·徽宗本纪》:"淮南盗宋江等犯淮阳军,遣将讨捕,又犯京东、河北,入楚、海州界,命知州张叔夜招降之。"此外,李壆的《十朝纲要》、宋代陈均《九朝编年备要》和徐梦莘的《三朝北盟会编》,也都有类似的记载。还有的记载说宋江投降后曾参加过征方腊之役。从这些记载里,可以知道这支起义军在群众中甚有影响,曾经给宋王朝造成一定的威胁。宋江等起义的年代大约在宣和元年(1119)至宣和三年(1121),前后 3 年多。

宋代说书伎艺兴盛,在民间流传的宋江等 36 人故事,很快就被说书人采来作为创作话本的素材。南宋罗烨《醉翁谈录》记有小说篇目《青面兽》《花和尚》和《武行者》,当是说的杨志、鲁智深、武松的故事,这是有关《水浒传》话本的最早记载。南宋末有龚开的

《宋江三十六人赞并序》，序里说"宋江事见于街谈巷语"，并说在龚开之前有画院待诏李嵩，曾画过宋江等人像；但龚开的赞并未说故事内容。现在看到的最早写水浒故事的作品，是《大宋宣和遗事》，它或出于元人，或为宋人旧本而元时又有增益。有的研究者认为它是说书艺人的底本。它所记水浒故事梗概，从杨志卖刀杀人起，经智取生辰纲、宋江杀惜、九天玄女授天书，直到受招安平方腊止，顺序和现在的《水浒传》基本一致。这时的水浒故事已由许多分散独立的单篇，发展为系统连贯的整体。元代杂剧盛行，有大量的水浒戏出现，元杂剧和《大宋宣和遗事》所记水浒的人物姓名大致相同，但聚义地点不同，杂剧说的是梁山泊，《遗事》说的是太行山；杂剧中已有"一百八个头领"之语，《遗事》只提到了三十六将的绰号姓名；《遗事》中写李逵位列第十四，燕青位列第二十八，杂剧中李逵是第十三头领，燕青是第十五头领。凡此种

种，可见在《水浒传》成书以前，水浒故事在流传中内容细节上颇有异同。这或者与在不同地区流传也有关系。施耐庵正是把这些在不同地区流传的故事，汇集起来，经过选择、加工、再创作，才写成这部优秀的古典名著。

思想内容 《水浒传》以杰出的艺术描写手段，揭示了中国封建社会中农民起义的发生、发展和失败过程的一些本质方面。它的社会意义首先在于深刻揭露了封建社会的黑暗和腐朽及统治阶级的罪恶，说明造成农民起义的根本原因是"官逼民反"。作品开头写了一个一

《水浒传》（明刻本）

向被人厌弃的破落户子弟高俅，靠踢球被端王看中，后来这位端王做了皇帝（徽宗），高俅一直被提拔到殿帅府太尉，而这位皇帝也不过是个专会串瓦走舍的浮浪纨绔儿。他的亲信大臣还有蔡京、童贯和杨戬等，他们构成了最高统治集团。蔡、高等人以他们的亲属门客为党羽心腹，如梁世杰、蔡九知府、慕容知府、高廉、贺太守之流，在他们的下面，则是一些贪官污吏、土豪恶霸，从上到下，狼狈为奸，残害忠良，欺压良善，对人民进行残酷的剥削和压迫，形成了一个统治网。特别是高俅作为那个统治集团的代表人物之一，在他身上体现了凶残、阴险的权奸特点，也体现了封建统治阶级的丑恶和腐朽的本质。此外，《水浒传》中还写了地主恶霸的种种作恶行为，如郑屠霸占金翠莲，西门庆害死武大，毛太公勾结官府构陷猎户解珍、解宝。总之，《水浒传》描写了封建统治阶级自上到下对人民的压迫。

《水浒传》写英雄们走上反抗的道路，各有不同的原因和不同的情况，但是在逼上梁山这一点上，许多人是共同的。如阮氏三雄的造反是由于生活不下去，他们不满官府的剥削，积极参加"劫取生辰纲"的行动，从而上了梁山。解珍、解宝是由于受地主的掠夺和迫害起而反抗的。鲁智深是个军官，他疾恶如仇、好打抱不平，因此造成和官府的矛盾，结果被逼上山落草。武松出身城市贫民，为打抱不平和报杀兄之仇，屡遭陷害，终于造反。林冲原是东京八十万禁军教头，是个有身份有地位的人，家庭出身和官场生活，养成了他奉公守法、安分守己的性格，但他也被逼上梁山。这说明在阶级矛盾十分尖锐复杂、政治极端黑暗的情况下，统治阶级内部必然发生分化，其中的一些人因受到当权者的排挤打击，起而反抗，也会投身于农民起义的洪流。

《水浒传》反映农民起义发生发展的规律，是循序渐进，步步深入，最后全面展开的。英雄们的起义行动，是由小到大，由个人反抗到集体行动，由无组织到有组织，由小山头到大山头，最后汇成一股浩浩荡荡的起义巨流。鲁智深、武松等人的斗争活动，开始多半是出于被迫，或是打抱不平，或是出于个人报复性的反抗，后来上了二龙山落草，接着又参加梁山起义。"智取生辰纲"最初就是有组织的反抗行动，但晁盖等上梁山后，成为更大规模的反抗了。起义的武装，也是由小股发展到大股，最后声势浩大地汇合到梁山泊。

《水浒传》作者对这些英雄人物予以充分的肯定和热情的讴歌，歌颂了这些人物的反抗精神、正义行动，也歌颂了他们超群的武艺和高尚的品格。一些出身下层的英雄人物，如李逵、三阮、武松、石秀等，对统治阶级的剥削压迫感受最深，因此他们一旦造反，反抗性也最强，什么统治阶级的法度条例，对他们毫无约束，像李逵连皇帝也不放在眼里。他们为了起义的正义事业，赴汤蹈火在所不辞。作者对这些英雄人物的赞扬，完全是出自内心的热爱。作品歌颂这样一批被统治阶级视为所谓"杀人放火"的强盗、朝廷的叛逆、"不赦"的罪人，并把他们写得光辉动人、可敬可爱，显示了作者的胆识和正义感情。与此相反，作者对于统治阶级的人物，则将他们写得丑恶不堪，和梁山英雄形成鲜明的对比。从而启发人们去爱什么人，恨什么人。金圣叹评论《水浒传》"无美不归绿林，无恶不归朝廷"。不管金圣叹主观动机如何，这句话确实说明了作者的思想倾向和《水浒传》深刻的社会意义。

《水浒传》全书可分前后两大部分，前半部分写各路英雄纷纷上梁山大聚义，打官军，受招安。后半部分由5个部分组成，即征辽、平田虎、平王庆、平方腊及结局。其中平田虎、平王庆两部分是后来加的，今所见较早的百回本于征辽之后紧接平方腊。但有的研究者认为，征辽也可能是插增的。从思想内容来说，《水浒传》前半是写人民反官府，后半则是写忠臣反

奸臣。对于书中所写的宋江受招安，鲁迅曾有评说："其中招安之说，乃是宋末到元初的思想，因为当时社会扰乱，官兵压制平民，民之和平者忍受之，不和平者便分离而为盗……但一到外寇进来，官兵又不能抵抗的时候，人民因为仇视外族，便想用较胜于官兵的盗来抵抗他。"这话是有根据的，水浒故事流传的时间正是民族矛盾尖锐的时代，《水浒传》的后半部分写宋江等人受招安，和这一背景不无关系。而征辽部分的出现，则是这一思想的继续和发展。至于忠臣反奸臣，也是和这一思想有关的。在小说结尾写"史官有唐律二首哀挽"宋江等梁山人物，其中说"不须出处求真迹，却喜忠良作话头"，《水浒传》的作者是把宋江作为忠臣来描写的。第85回辽国欧阳侍郎招降宋江，吴用向宋江献策：要富贵，投降辽国；要忠义，报效宋朝。宋江说："吾辈当尽忠报国，死而后已。"这里的"尽忠报国"实际上就是具体历史条件下的民族立场。

宋江受招安之后，水浒英雄始终受奸臣排挤、打击和陷害，最后宋江等被奸臣害死。这样的悲剧结局，对于揭露统治者的罪恶和作者对受招安者的鉴戒来说，也是有其积极意义的。

艺术特色 《水浒传》作者以其高度的艺术表现力、生动丰富的文学语言，叙述了许多引人入胜的故事，塑造了众多可爱的个性鲜明的英雄形象。

《水浒传》继承与发展了中国古代小说与讲史话本的传统特色。故事极富传奇性，一波未平，一波又起，起伏跌宕，变化莫测，每一故事的高潮，都紧扣读者的心弦。如"拳打镇关西""智取生辰纲""宋江杀惜""武松打虎""血溅鸳鸯楼""江州劫法场""三打祝家庄"等，数百年来一直脍炙人口。但《水浒传》并不是单纯为了追求故事情节的离奇而迎合群众的，而是紧紧围绕着"官逼民反"这一思想，把故事情节和人物性格融合在一起。武松、林冲、卢俊义三人都武艺高强，是梁山第一等好汉，三人都受过官府的陷害，被充过军，而武松和林冲、卢俊义的表现却大不相同。林冲、卢俊义在充军的路上受差人任意摆布，忍气吞声，有时还向差人乞怜哀告。两人又都是受骗被捆在树上低头受死。武松则相反，第一次充军孟州，一路上反而是两个差人服侍他。二次充军恩州，押解他的两个差人被人收买，再加蒋门神的两个徒弟，合谋在半路上害死他，四个带刀的凶手，对付他一个带枷的犯人，反被他轻而易举地给收拾了。他还不解恨，一口气奔回孟州，杀了张都监、张团练和蒋门神等，才算出了一口恶气。林冲、卢俊义不是武艺不精，原因在于，他们一个是东京八十万禁军教头，一个是北京首富，都是有身份有地位的人，各有家室，不幸遭受冤枉，只希望服刑期满，重振家声。两人懂法度，又存有幻想，在公人面前是怀怒未发，忍一口气。而武松，无家室之累，久走江湖，养成强悍的性格，无所顾忌，也就无所畏惧，加上他受欺被诬，不断被人暗算，所以报仇心切，手段也狠。林冲、卢俊义二人也有所不同，林冲的反抗性又较卢俊义为强。又如鲁智深、武松、李逵三人都是性情刚直，好打抱不平，不畏强暴，不避危难，但又各有特点。鲁智深是军官出身，阅历较深，富有正义感，痛恶社会的不平，他虽然性格急躁，行动莽撞，但在斗争中有时又很细心机智。拳打镇关西，没想到三拳把人打死了，他立刻想到要为此吃官司

《英雄谱》插图——智深拳打镇关西（明崇祯刻本）

坐牢，自己单身一人无人送饭，于是假装气愤，"指着郑屠户道：'你诈死，洒家和你慢慢理会。'一头骂，一头大踏步去了"。这样便脱身而去了。在大相国寺菜园子里，几个泼皮要算计他，故意跪在粪窖边不起来，引起他的疑心，走到跟前没等泼皮上身，一脚一个把两个为头的踢到粪坑里去了。这些都说明他是个粗中有细的人。武松性情刚强，好打那些不明道理的人，死也不怕。在行动上有时表现得粗鲁蛮横，像是有意地寻衅生事，如在快活林对蒋门神；有时是装出假象迷惑与麻痹对手，如在十字坡对孙二娘。他为了替兄报仇，考虑得极为周密，从调查情况入手，到杀嫂逼取口供，杀西门庆，自首县衙，一步步按着他的安排都做到了。这又说明他很有心计。而李逵则大不相同，憨直、刚强、粗心、大胆，极忠于梁山事业，反抗性最强，打起仗来，赤膊上阵，勇猛无比。他是个真正的粗人，一味蛮干，不计后果，又有几分天真，好管闲事，

又常常惹出事端。在江州因夺鱼和张顺厮打，被张顺骗到水里，淹得他两眼发白；去蓟州搬取公孙胜，路上偷吃酒肉，受到戴宗的惩治；斧劈罗真人，被真人罚到蓟州大牢里受苦；打死殷天锡，连累柴进坐牢，差点送了性命。作者对这些人物的性格特点把握得十分准确和细致，真正做到毫发不失，这就更加强了这些形象的动人力量。

《水浒传》的语言是以口语为基础，经过加工提炼而创造的文学语言。其语言特色是明快、洗练、准确、生动。无论是作者的描述语言，还是作品人物的语言，许多

《水浒传》插图——囚车解草寇（清初刻本）

地方都惟妙惟肖，有浓厚的生活气息。写景、状物、叙事、表情，极为灵动传神。《水浒传》叙事善于白描，简洁明快，没有滞拙的叙述和冗长烦琐的景物描写。偶有写景文字，又极精彩。如武松不听酒家劝告，乘着酒兴单身上山，看了庙门上的告示，才知真的有虎，他稍为犹豫了一下，还是硬着头皮上了岗子。这里作者只用了两句话衬托此时的气氛和心情："回头看那日色时，渐渐地坠下去了"，武松"踉踉跄跄直奔过乱树林来"，既写出了老虎活动的时间，又写出了老虎出没的环境。两句话就把一种恐怖悲凉的气氛和心情和盘托出，让人感到此时此地不知什么时候会突然跳出一只活老虎来。《水浒传》的叙事，要言不烦，恰到好处，而又绘声绘色，鲜明生动。"武松打虎"是历来传诵的好文章，写得极为传神。写人虎相搏，写老虎一扑、一掀、一剪三般拿人的本事，以及声震山冈的吼声，一只活生生的真老虎就跃然纸上。几经搏斗，老虎威风渐减，最后如何被武松按住，如何挣扎，如何被武松打死，写得活灵活现，十分逼真。通过这些描写也就更好地突出了武松的英雄形象。

版本 《水浒传》的版本比较复杂，大致可分简本繁本两个系统。简本文字简略，细节描写少。繁本描绘细致生动，文学性较强。就内容来说，简本包括大聚义、受招安、征辽、平田虎、平王庆、平方腊直至宋江被害。繁本无平田虎和平王庆故事。简本和繁本的先后问题，历来意见不同，或认为简本在先，或认为繁本在先，而简本是由繁本删节而成，迄无定论。

现知和现存《水浒传》较早刻本都系明刊本。正德、嘉靖间人李开先《词谑》记有20册本的《水浒传》，有的研究者认为20册即20卷。一般认为，嘉靖时郭勋刊刻的武定板《水浒传》比较接近于原本，但郭勋原刊本已无存，有的研究者认为今残存5回的嘉靖刊本《忠义水浒传》即郭本，并且由此认为郭本是 20 卷本。明嘉靖年间高儒《百川书志》所录《忠义水浒传》为 100 卷。今天所能见的比较早而又比较完整的 100 回本是天都外臣序本，序文撰于万历己丑（1589）。天都外臣序本从郭本出，不过分卷不同，郭本是 20 卷 100 回，天都外臣序本是 100 卷 100 回。这个本子于排座次之后紧接受招安、征辽、平方腊，而无平田虎、王庆故事。万历年间又出现了杨定见的 120 回本，主要是根据 100 回本，又插增平田虎、平王庆的故事（文字和繁本不同，或是吸收简本而加以润色）。明末金圣叹删去了排座次以后的部分，添了个卢俊义的噩梦作为结尾，梦中一百单八人全部被杀。又把原来的第一回改为楔子，作成 70 回本。这个本子，入清以来最为流行。今存较早的简本有明刊《新刊京本全像插增田虎王庆忠义水浒全传》和明刊《忠义水浒志传评林》，唯都为残本。清刊本 10 卷 115 回《忠义水浒传》是今存比较齐全的简本。中华人民共和国建立后，陆续整理出版过 70 回本及 120 回本、100 回本等繁本，并影印过 100 回本，及排印过几种繁本，还影印过简本《水浒志传评林》。

《西游记》

中国明代长篇小说。吴承恩著。

故事来源 《西游记》的故事经历了一个漫长的演变过程。吴承恩是在历代民间传说和无名作者创作的基础上，经过整理、加工、改造，最后写出这部绚丽多彩的神话小说的。

作为《西游记》主体部分的唐僧取经故事，由历史上的真人真事发展演化而来。唐太宗贞观元年（627），青年和尚玄奘（602—664）赴天竺（今印度）取经，跋山涉水，历尽艰难险阻，至贞观十九年

（645），取回梵文佛经657部，并在长安设立译场，进行翻译。他的行为和见闻本身就具有不同寻常的传奇色彩。玄奘口述西行见闻，由弟子辩机写成《大唐西域记》。他的弟子慧立、彦悰又写成《大唐大慈恩寺三藏法师传》，记述玄奘西行取经事迹。这是一部带有文学色彩的大型传记。作者为了宣传佛教并颂扬师父的宏伟业绩，不免作种种夸张，并插入一些带神话色彩的故事。此后取经故事即在社会上广泛流传，不断得到加工、润色，愈传愈奇，愈传离真人真事的本来面目愈远。刊印于南宋时期的说经话本《大唐三藏取经诗话》，是取经故事发展的重要阶段。此书篇幅不大（约16 000多字），情节离奇而比较简单，描写也较粗糙。但值得重视的是它已初步具备了《西游记》故事的轮廓，猴行者已取代唐僧而成为取经故事的主角。这个猴行者化作白衣秀士，已是神通广大、降服精怪的能手，是《西游记》中孙悟空形象的雏形。书中的深沙神则是《西游记》中沙僧的前身。但还没有猪八戒。到元代（至迟到明初），又出现了更加完整生动的《西游记平话》。原书已佚。但明《永乐大典》第13 139卷"送"韵"梦"字条下引《梦斩泾河龙》故事，即采自《西游记平话》，约1200字，内容与吴承恩《西游记》第九回前半部分基本相同。成书比《永乐大典》为早的朝鲜汉语教科书《朴通事谚解》中也概括地引述了《西游记平话》中关于"车迟国斗圣"故事的片段，与吴著《西游记》相关故事的内容大体一致。书中还有8条注文，介绍了《西游记平话》的主要情节，与吴著《西游记》已非常接近。书中

根据《西游记》改编的绍剧《孙悟空三打白骨精》

已有孙悟空的出身和"大闹天宫"的故事，且由"魏徵斩龙"过渡，与取经故事连接，在情节结构上也与吴著《西游记》相近。在人物方面，深沙神已演变成沙和尚，出现了黑猪精朱八戒。但无论从内容、情节、结构、人物方面看，《西游记平话》都很可能是吴承恩直接据以加工创作的底本，在《西游记》的成书过程中具有重要意义。

由宋至明，取经故事在戏剧舞台上也得到搬演。宋元南戏有《陈光蕊江流和尚》，金院本有《唐三藏》，皆佚。元代吴昌龄《唐三藏西天取经》杂剧，亦仅存少量曲文。元末明初则有无名氏的《二郎神锁齐天大圣》杂剧和杨景贤的《西游记》杂剧，剧中某些情节与吴承恩《西游记》相似，但孙悟空的形象并不突出，且未脱掉妖气。这些剧作证明在吴承恩创作《西游记》以前，取经故事已经众手加工而以各种形式长期在社会上广泛流传。

孙悟空的形象，也经历了一个

同样漫长的演变过程。吴承恩的家乡自古淮水为患，很早就产生了与治水有关的神话传说。无支祁就是大禹治水时收服的一个淮涡水神，他原是一个神通广大的猴精，后来被镇锁在淮阴龟山脚下。唐代李公佐所作传奇《古岳渎经》里记载了这一传说。从宋元话本《陈巡检梅岭失妻记》和元明杂剧《锁齐天大圣》《西游记》以及明人宋濂的《删古岳渎经》中，可以看出无支祁传说演化的痕迹。鲁迅在《中国小说史略》中说："明吴承恩演《西游记》，又移其神变奋迅之状于孙悟空，于是禹伏无支祁故事遂以堙昧也"（第九篇），指出了无支祁的传

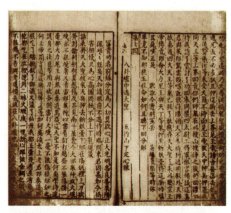

《西游原旨》（清嘉庆己卯护国庵刊本）

说与孙悟空形象创造的关系。

吴承恩就是在前代传说和平话、戏曲的基础上，将无支祁传说跟取经故事结合到一起，并熔铸进现实生活的内容，创作出这部规模宏大的杰出神话小说《西游记》的。《西游记》改变了原取经故事浓厚的宗教色彩，完成了新的深刻的社会主题；塑造了性格鲜明、血肉丰满、理想化的神话人物形象；创造了生动丰富的故事情节，完成了完整宏伟的艺术结构。《西游记》是吴承恩创造性艺术劳动的结晶。

思想内容 《西游记》全书的内容由三部分组成。第一部分，包括第 1 ～ 7 回，写孙悟空的出身和大闹天宫故事。第二部分，包括第 8 ～ 12 回，写唐僧身世、魏徵斩龙、唐太宗入冥故事，交代取经缘由。第三部分，包括第 13 ～ 100 回，写孙悟空皈依佛门，和猪八戒、沙和尚一起保护唐僧到西天取经，一路上与妖魔和险恶的自然环境做斗争，经历九九八十一难，终于取到真经，自己也成"正果"。

大闹天宫的故事生动地塑造了一个蔑视皇权、神通广大、敢于造反的孙悟空的英雄形象，表现作者对反抗传统、反抗权威、蔑视等级制度等反封建的叛逆思想和斗争精神的热情歌颂。第二部分在结构上起一个过渡和联结的作用，在思想上表现较明显的宗教迷信的观念。第三部分取经故事，由相对独立又相互关联的 41 个小故事组成，着重表现孙悟空斩妖除怪、不畏艰险、勇往直前、积极乐观的斗争精神和美好品德。

《西游记》通过神话的形式，表现了丰富的社会内容，曲折地反映出现实的社会矛盾，表达了人民的愿望和要求。在孙悟空身上，反映了广大人民群众反抗专制压迫、战胜邪恶和征服自然力的强烈愿望。孙悟空积极乐观、勇敢无畏、不怕困难、敢于斗争的精神是理想和现实相结合的产物，是中国广大人民群众长期斗争生活的艺术概括。斩妖除怪成为书中的突出内容，取经的目的在整个艺术描写中

退居到次要地位，甚至仅仅具有象征的意义。在全书的第一、第三部分中，小说揭露了天宫神权统治的腐朽，玉皇的昏庸无能、凶残暴戾，是人间封建统治阶级的投影。取经路上妖魔鬼怪的凶狠、阴险、淫恶，反映了现实社会中黑暗势力的共同特征。正是有了这样的对立面，孙悟空才成为受到人民喜爱的英雄。小说所反映的社会意义，以及与此相关的小说主人公的性格塑造，表明了作者吴承恩对传统的宗教题材进行了成功的改造，熔铸进了丰富的现实生活内容。

孙悟空在跟妖魔做斗争中显示出坚强的斗争决心和高超的斗争艺术，例如他善于透过迷人的假象认清妖怪的本来面目；他总是除恶务尽，从不心慈手软；斗争中注重了解敌情，知己知彼，克敌制胜，根据不同的斗争对象，变换不同的策略和战术，等等。凡此，都是现实生活中人民群众长期社会斗争经验的艺术概括。

《西游记》中写了祭赛国、朱紫国、灭法国等9个人间国度，所用多为明代官制，国王又多是昏君，荒淫庸懦，宠信道士，这些也具有一定的现实批判意义。

鲁迅《中国小说史略》指出：《西游记》"讽刺揶揄则取当时世态，加以铺张描写"，"述变幻恍忽之事，亦每杂解颐之言，使神魔皆有人情，精魅亦通世故"，正确地概括了这部神话小说的社会意义和思想特色。

《西游记》在人物描写上比较集中，不像《三国演义》和《水浒传》那样以塑造群像为特色。主要人物除孙悟空外，比较突出的是猪八戒和唐僧。猪八戒是一个有缺点而又令人喜爱的人物形象。他憨厚淳朴，能吃苦耐劳，对敌斗争从不屈服，是孙悟空斩妖除怪不可缺少的助手。但他贪馋好色，自私偷懒；对取经事业缺乏坚定性，一遇困难就要散伙回家；嫉妒心强，好拨弄是非。他的小聪明具有一种憨厚本色的特点，作者对他弄巧成拙的嘲笑是一种善意的批评。唐僧是一个带有浓厚封建士人气质的人物，作者对他是批评多于肯定。他恪守宗教信条和封建礼教，乃至迂腐顽固，而又胆小懦弱，而且常常误信谗言，颠倒是非，无理责骂和残忍地处罚为取经事业建立了巨大功勋的孙悟空。唐僧由一个被歌颂的人物变成一个被讽刺嘲笑的对象，这一点是《西游记》和传统的取经故事很大的不同之处。

《西游记》在思想内容上还表现了佛法无边的思想，宿命论观念和因果报应思想，儒释道三教合一的思想，以及以忠孝为主要内容的封建伦理道德观念等。

艺术成就 《西游记》在艺术上有鲜明的特色，取得了杰出的成就。神性（幻想性）、人性（社会性）、物性（自然性）三者的有机结合，是《西游记》人物塑造的一个突出特点。《西游记》创造了神奇绚丽的神话世界，具有强烈的艺术魅力。天上地下，龙宫冥府，人物的活动有广阔的天地，可以无拘无束地充分施展其超人的本领。情节生动、奇幻、曲折，表现了丰富大胆的艺术想象力。《西游记》的语言生动流利，尤其是人物对话，富有鲜明个性和浓烈的生活气息，表现出一种幽默诙谐的艺术情趣。吴承恩善于提炼人民生活中的口语，吸收它的新鲜有力的词汇，利用它的富有变化的句法，加工成为一种优美的文学语言。

影响和版本 《西游记》在中国小说史上占有重要地位。它是明代神魔小说的杰出代表，同《三国演义》《水浒传》一样，成为中国人民家喻户晓的古典小说名著。它问世以后即产生广泛的影响。

明清两代，续作、补作《西游

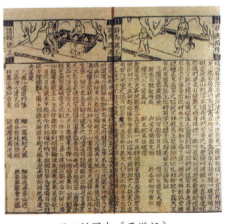

百回插图本《西游记》

记》的小说有多部出现，如明末董说撰的《西游补》16 回，明末无名氏撰的《续西游记》100 回，清初无名氏撰的《后西游记》40 回等。《西游记》故事在清代还被改编为戏曲搬上舞台，甚至还出现了《升平宝筏》那样大型的连台本戏。直到当代，《西游记》故事仍然活跃在戏曲舞台上，《三打白骨精》《闹天宫》《芭蕉扇》等都是经常上演的剧目。电视连续剧《西游记》更是广大群众喜爱的节目。

现存《西游记》最早的刊木是明万历二十年（1592）金陵唐氏世德堂《新刻出象官板大字西游记》，20 卷 100 回（中国国家图书馆藏有摄影胶卷）。随后有万历三十一年（1603）书林扬闽斋刊本（藏日本内阁文库）。又有明崇祯刊本《李卓吾先生批评西游记》100 回，国内今存两部，分别藏于中国国家博物馆和河南省图书馆；日本也有藏本，存内阁文库；河南省中州书画社有校补影印本。清代又出现多种版本，主要有清初刊本《西游证道

书》、康熙丙子（1696）刊本《西游真诠》、乾隆戊辰（1748）晋省书业公记刊本《新说西游记》、乾隆己巳（1749）其有堂刊本《新说西游记》、嘉庆己卯（1819）护国庵刊本《西游原旨》、道光己亥（1839）德馨堂刊本《通易西游正旨》等。1954 年作家出版社排印本，即以明刊世德堂本为底本，参校清代各种刻本整理而成。1980 年人民文学出版社又刊行二版，在初版基础上，复以明崇祯间刊《李卓吾批评西游记》本参校，并将初版据"书业公记"本增补的唐僧出身故事的第九回改作附录，恢复世德堂本第 9 ～ 12 回的原貌。

《杨家府演义》

中国明代小说。全称《新编全像杨家府世代忠勇演义志传》。作

者不详。《杨家府演义》从杨业与辽（契丹）作战，身陷重围，撞李陵碑殉国写起，到十二寡妇征西，克敌凯旋结束。小说中的故事情节，很大部分是史书上所没有的。杨家将抵抗契丹的故事早在民间流传，南宋话本和元明杂剧中有不少有关杨家将的故事。作品通过描写老英雄杨业一家世代保卫国土而前仆后继的英勇事迹，反映当时人们抗御外侮、谴责权奸、表彰忠烈的要求和愿望。尤其是书中塑造了众多英姿勃发的杨门女将，她们不是深居闺阁的佳人小姐，而是继承父兄遗志，投身保卫中原，建立功勋的英雄。作品在着力反映激烈民族斗争的同时，也用一定篇幅描写朝廷内部忠奸之间的尖锐冲突，对皇帝的昏庸做了一定的揭露。小说在艺术描写上显得粗糙，表现在人物刻画和情节安排上欠细腻妥帖，且时有漏洞；组织结构也不甚严谨，只是语言尚称活泼生动。《杨家府演义》现存最早版本刊于明万历三十四年（1606）。

《海公案》

中国明代小说。写海瑞审案折狱的故事。全称《海刚峰先生居官公案传》，一题《海忠介公居官公案传》。6卷，71回。明李春芳编次（刻本题晋人羲斋李春芳编次）。李春芳，字子实，号石麓。兴化（今属江苏）人。隆庆初曾任宰相，有《贻安堂集》。此书实际上是一种话本总集，而以海瑞贯串全篇。每一故事（回），先有记述全案过程的

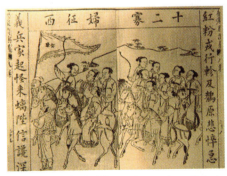

《杨家府演义》插图——十二寡妇征西（明刻本）

一段说明文字，有"告""诉""判词"三部分，类似公牍文书。内容显系小说家的编撰，并非海瑞实事。卷首有《皇明都御史忠介公海刚峰传》一篇，所记也多与史实不符。此书与宋元话本、明代拟话本关系密切。《海公案》情节以写审断奸杀、窃盗、霸占、抢掠等案为多，塑造了海瑞这个为民除害的清官形象。唯书中鬼神迷信色彩较浓。《海公案》文字较粗疏，但它把一些民间传说中的审案折狱故事集中在海瑞身上，这个特点，犹如民间传说中的徐文长故事、阿凡提故事一样，具有民间文学的特色。现存最早刊本是万历丙午年（1606）刊本。

仲琳、陆西星两说，都只有孤证，尚难确断。成书年代不可确考，一般认为在明隆庆至万历之间。小说以纣王进香、题诗渎神、女娲命三妖惑纣助周为楔子，历叙纣王、妲己荒淫暴虐的恶行，姜子牙晚年知遇，西伯侯脱祸归周，武王起兵瓜商诸事。最后以商败，纣王自焚，姜子牙祭坛封神，周武王分封列国告终。小说描写商周之战的曲折过程，其间神怪迭出，各有匡助。《封神演义》的思想内容较为复杂。它一方面通过设炮烙、造虿盆、剖孕

《封神演义》

中国明代长篇小说。作者有许

《封神演义》（清刻本）

妇、敲骨髓等情节，描写纣王的残暴不仁，从而揭示反商斗争的基础。这些描写显然与封建伦理规定的君臣、父子关系相背离，具有一定的进步意义。但另一方面，书中又充满着"成汤气数已尽，周室当兴"的天命观，笼罩着浓重的宿命观念和神秘色彩。在艺术上有一定特色。它发挥神话传说善于想象夸张的特长，赋予各类人物以奇特的形貌，给读者以较深印象。小说在人物描绘上有一定成就，如妲己的阴险残忍，杨戬的机谋果敢等，都写出了人物的性格。书中有些情节也相当曲折生动，如"哪吒闹海"一节，叙来层次分明，高潮迭起。但它在艺术描写上偏于叙事而忽略揭示人物的内心活动，因而多数人物性格并不鲜明，铺叙故事则有重复雷同之处，情节发展也有不够严谨的地方。此书有明刻本，100回，国内已无存。有人民文学出版社标点本通行。

《金瓶梅》

中国明代长篇小说。约于明代隆庆至万历年间成书，作者署名兰陵笑笑生。兰陵今属山东，从书中的大量山东方言看，作者大约是山东人。笑笑生的真实姓名并不清楚。关于此书的成书年代、作者籍贯尚有不同说法。

《金瓶梅》共100回，其版本

《金瓶梅》插图——逞豪华门前放烟火（明崇祯刻本）

大抵可归纳为两个系统：一是明代万历丁巳（1617）年间"东吴弄珠客"序的《金瓶梅词话》系统；另一是明代崇祯年间（1628—1644）的《原本金瓶梅》系统。两者主要的不同是：《金瓶梅词话》第1回是"景阳冈武松打虎"，《原本金瓶梅》则改为"西门庆热结十兄弟"；《金瓶梅词话》第84回后半回是"宋公明义释清风寨"，《原本金瓶梅》则全删；第53、54回，两种本子差异较大；《金瓶梅词话》回目的上下句往往字数参差，对仗不工，书中有大量山东方言，而《原本金瓶梅》回目对仗工整，山东方言已经删改，文辞也经过修饰。《金瓶梅词话》比《原本金瓶梅》出现早，更接近于原书的本来面目。

《金瓶梅》写的是宋代的人物和故事，实际却反映了作者所处的明中叶的社会真实。小说通过西门庆一生的兴衰荣枯，描绘了一个上自朝廷中擅权专政的太师，下至地方上官僚恶霸乃至市井间的地痞流氓、帮闲篾片所构成的鬼蜮世界。

作品以西门庆这个兼有官僚、恶霸、富商三种身份的封建时代市侩势力的代表人物为中心，通过他的种种活动及其家庭生活，暴露了明代中叶以来社会的黑暗和腐朽，寄寓了作者愤世嫉俗的创作之旨，具有深刻的认识价值。

《金瓶梅》在中国古典小说的发展史上有它不可忽视的意义。它以前的一些著名长篇小说，大都是在长期流传的民间说讲故事的基础上由作家集中加工、提炼的产物，而《金瓶梅》则是中国文学史上第一部由文人独创的长篇小说。从

《金瓶梅》插图——西门庆官作生涯（明崇祯刻本）

此，文人创作逐渐替代宋元以来根据民间说讲故事而整理加工的话本，成了小说创作的主流。另外，小说以现实社会及家庭日常生活为题材，在内容上也开了"人情小说"的先河（鲁迅语）。它在创作方法上的写实特点、艺术手法上的细微特点，对后来的《红楼梦》有一定程度的影响。

小说成功地描绘了一大批市井人物，其中几个主要人物都富于典型意义，如西门庆的贪婪狠毒，潘金莲的泼辣、淫荡、嫉妒，应伯爵的趋炎附势等。作者很重视细节描写，语言泼辣而酣畅，绘声绘色，十分传神。

《金瓶梅》的思想内容存在着一些严重缺点。首先，作者对现实黑暗的暴露缺乏鲜明的爱憎和严肃的批判。其次，小说对剥削阶级的腐朽糜烂生活肆意渲染，特别是大量露骨的色情描写秽心污目。另外，作者在解释人生和社会生活方面，有宿命论思想和虚无观念。全书由于缺乏剪裁，对生活现象的描绘精芜无别和细大不捐，有些描写过于琐屑，显得臃肿繁复。

《龙图公案》

中国明代小说。记述宋代包拯审案断狱的故事。又称《龙图神断公案》，全名为《京本通俗演义包

《龙图公案》（清抄本）

龙图百家公案全传》。10 卷。安遥时编，序署"江左陶烺元乃斌父题于虎丘之悟石轩"。今通行本有繁简两种，繁本 100 则，简本 62 则、63 则、66 则不等，均有听五斋（或题李贽）评语。此书实为短篇小说集，以包公贯串始终。《龙图公案》的基本内容，大都是审理恃强凌弱、谋财害命以及奸盗诈骗等案。题材既有来自民间流传的包公故事，也有采录史书、杂记中的材料，不少内容又是从《海公案》辗转抄来的，少数取自明代近事，除《乌盆子》写包公定州审乌盆事出自元曲外，《厨子作酒》所写处斩孙都监父子事、《桑林镇》所写断立李太后事等，都久已在民间流传。书中以包公为正面人物，塑造了一个为民除害的清官形象，同时也宣扬了不少封建伦理道德，且多神灵显圣、鬼魂告状、鸟兽报恩之类情节，荒诞无稽。《龙图公案》中有的故事写得比较曲折生动，但全书题材冗杂、语言呆滞。

《隋唐演义》

中国清初长篇小说。20 卷 100 回。褚人获著。褚人获，字稼轩，又字学稼，号石农。长洲（今江苏苏州）人。约 1681 年前后在世。能诗文，布衣不仕，著有《读史随笔》《退佳琐录》《圣贤群辅录》等，尤以《坚瓠集》76 卷著称于世。

隋唐之际，变乱迭起，史事尤多，故唐、宋以来，即有大量稗史传奇流传于世，明代则有演为小说者，而在民间说唱文学中也有大量讲述隋末群雄的故事。《隋唐演义》即据史书及这些材料编写而成。它起自隋文帝起兵伐陈，而迄于唐明皇还都而死。全书的基本结构线索为隋炀帝、朱贵儿及唐明皇、杨玉环的"两世姻缘"，作者序言得之于袁于令所藏《逸史》，而以隋末群雄并起，瓦岗寨英雄聚义，花木兰代父从军、唐太宗武功文治、武则天改元称帝等事穿插其间。作品暴露了帝王后妃的骄奢淫逸，颂扬了草泽英雄的侠义勇武。《隋唐演义》在排比史事、穿插点染方面，受《三国志演义》影响较多，而在塑造草泽英雄形象时，又心仪《水浒传》。写瓦岗寨诸英雄，都各有特色，比较鲜明生动。这部书题材过于芜杂而剪裁不当，细节描写与大段铺衍不够均匀协调，情节转换较生硬，常常插入一些毫无必要的英雄美人故事，显得结构松散，而且每一回前必有一段忠孝节义的枯燥说教，都使它在艺术上减色不少。上海古典文学出版社曾于1956年据清初四雪草堂本整理出版此书。

《虞初新志》

中国短篇小说集。清初张潮编

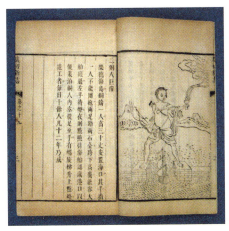

《虞初新志》插图（清康熙刻本）

辑。张潮，字山来，新安（安徽歙县）人。除编《虞初新志》外，尚著有《幽梦影》《花鸟春秋》《补花底拾遗》等。

小说以"虞初"命名，始见于班固《汉书·艺文志》所载《虞初周说》，张衡《西京赋》称"小说九百，本自虞初"。虞初旧释人名，但明人搜集《续齐谐记》和唐人小说8篇，刻为一书，命名《虞初志》。后汤显祖有《续虞初志》4卷，邓乔林有《广虞初志》4卷，大抵衰辑前人文章，非自撰写。《虞初新志》也是收集明末清初人的文章，并附评语，汇为一编，共20卷。《虞初新志》所收篇章与以前各家选本有所不同，其中大抵真人真事，不尽是子虚乌有。如魏禧《姜贞毅先生传》、王思任《徐霞客传》、吴伟业《柳敬亭传》都是实有其人其事。至如侯方域的《郭老仆墓志铭》就更是真实记载。《虞初新志》所收故事的题材很广泛，一般都带有一些奇异的情节或不寻常的事件和人物，如王士禛的《剑侠传》、彭士望的《九牛坝观觝戏记》等，最为突出。所辑小品多有上乘之作，文笔优美。书中所收集的不少篇章用小品文的笔调，写不平凡的人物故事，引人入胜。现有康熙年间刻本和上海古籍出版社排印本。

《长生殿》

中国清代戏曲作家洪昇的传奇作品。现存康熙年间稗畦草堂原刊本。《长生殿》的写作前后经十余年，三易其稿。据《例言》，一稿在洪昇第一次赴京前写成于杭州皋园，题名为《沉香亭》，当是写李白在长安的遭遇。二稿名《舞霓裳》，写于北京，时间已难确考。徐麟说此剧已"尽删太真秽事"，并减去李白而加入李泌辅肃宗情节。三稿《长生殿》，将帝王家罕有的钟情与贵妃归蓬莱仙院、明皇游月宫的传说合而用之，"专写钗盒情缘"，最后写定于康熙二十七年（1688）。

《长生殿》的主题思想 《长生殿》描写唐明皇（李隆基）和杨贵妃（杨玉环）的爱情故事。自唐代白居易的诗《长恨歌》和陈鸿的传奇小说《长恨歌传》开始，经宋、元、明三代，各类文艺作品中都有以这个故事为题材的。戏曲作品有名目可考者，不下10种，其中以元代白朴的杂剧《梧桐雨》最为著名。它们大致表现为三种倾向：或着重赞美同情，或着重讽喻批评，或在讽喻的同时有所同情。洪昇继承《长恨歌》的主题思想，借李、杨故事来表现和歌颂生死不渝的爱情，使它带有一定的理想色彩，并在其中寄寓了以历史教训警戒后世的思想。作者试图在李、杨故事的传统题材上有所创造和发展，联系爱情来写政治，扩大作品反映的生活面，使读者汲取政治上的教训。从上述意图出发，在长达50出的剧本中，从第2出就开始刻意描写"钗盒情缘"。由定情至长生殿七夕盟誓，李、杨爱情达到高潮。安史之乱起，马嵬之变，杨玉环命殒黄沙。其后描写李、杨之间"那论生

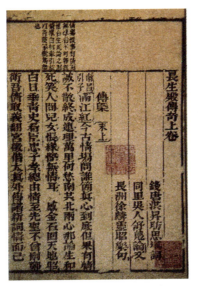

《长生殿》（清康熙刻本）

和死"的深情，结果两人在仙世重圆，金钗再成双，钿盒又重合。洪昇所写的钗盒情缘显然是传说中的帝王风流逸事，他笔下的李隆基和杨玉环已经与严格意义上的历史人物有了区别。宋元以来，反映城市平民生活的小说中曾经出现歌颂"真心"爱情（即排斥了世俗附加物的爱情）的作品。明代汤显祖的《牡丹亭》极力描写爱情，为了追求爱情，杜丽娘可以由生而死、由死而生。《长生殿》的《例言》云："棠村相国尝称予是剧乃一部闹热《牡丹亭》，世以为知言。"可见洪昇在创作《长生殿》时也受到了汤显祖的影响。

但李、杨一帝一妃的结合本身就是政治事件。写他们的爱情就不能不涉及"安史之乱"前后的政治，必须把这两者交织起来写，才能有深刻的思想内涵。《长生殿》中写到李、杨爱情还有"逞侈心而穷人欲"的一面。这样的宫廷生活必然产生不幸的后果，给社会政治造成破坏作用，不但导致了"安

史之乱",还给人民带来了种种灾难。第16出《舞盘》,写杨玉环的生日宴会,李隆基特谕地方飞驰进贡荔枝,"寿宴初开,佳果适至"。而在这之前的第15出《进果》,写了进贡荔枝过程中血淋淋的场面,两个进贡荔枝的使臣纵马飞奔,践坏田禾,踏死农人。第10出《疑谶》中,洪昇又借郭子仪之口说道:"可知他朱薨碧瓦,总是血膏涂",对皇亲贵戚的骄奢淫逸生活发出了有力的谴责。围绕着李、杨爱情,作品还写了杨国忠专权祸国,安禄山兴兵作乱,郭子仪坚决抗敌,雷海青大义斥叛等情节。一方面揭露了统治阶级内部的矛盾和腐化,一方面也歌颂了一些忠臣义士的行为。他生活于清初,离明亡不远,所以通过爱情题材写国家兴亡的故事,总结历史经验教训。洪昇描写李、杨爱情比前人的作品更为深刻。至于试图把剧中的赞美与暴露统一起来,写李、杨忏悔他们的过失,并在天上重圆,这种"一悔能教万孽清"的描写则是苍白无

力的,也过分美化了李、杨爱情。

由于《长生殿》思想的复杂性,关于它的主题历来有争论。至20世纪末,主要有爱情主题说、政治主题说、爱情与政治双重主题说、爱情与政治主次有别说等。也有学者认为《长生殿》的主题是多义性的,不能简单、片面地理解或用一两句话来概括。

《长生殿》的艺术成就 《长生殿》以抒情的笔调,把动人的故事情节同广泛深刻的社会矛盾有机地结合起来;它以具有典型意义的人物形象、宏伟的场面和优美的曲词,把古典戏曲创作推上了一个新的高峰。《长生殿》之前,剧坛上有两种题材受到人们的喜爱:一是爱情题材,一是揭露社会黑暗、抨击时政的题材。从题材的艺术特色来看,大抵是前者以人物刻画的细致丰满见长,后者以反映社会生活的广阔深刻取胜。而把两种题材交织在一起加以描写,并在艺术上达到水乳交融的地步,则始于《长生殿》和稍后的《桃花扇》。这两部

古典戏曲名著的出现，是中国戏曲现实主义艺术趋于成熟的重要标志。

在反映安史之乱这一矛盾错综复杂的时代面貌时，洪昇运用了高度概括的手法，上场的有名有姓人物，除李、杨外，不过有郭子仪、陈玄礼、高力士、杨国忠、安禄山等数人。同时浓缩情节，笔触主要集中在李、杨爱情的发展过程和杨国忠、安禄山阴谋误国这两个主要线索上，纵横挥斥而层次分明。情节的高度概括和人物性格的鲜明饱满，是《长生殿》的重要艺术特色之一。洪昇擅长描绘人物的心理活动和变化，曲尽情态，使人物形象完整生动。《埋玉》中杨玉环始而惊，继以惧，最后请赐自尽。作者以酣畅的笔墨，把杨玉环死前的心理状态绘写得有声有色。杨玉环死后，李隆基一片痴情，作者借心理描写，写他时而悔恨、时而追思，开掘到这一人物性格的灵魂深处。这种有层次地揭示人物性格的变化和细致描摹人物心理变化的艺术方法，使杨玉环和李隆基成为有血有肉的艺术典型。至于安禄山，是洪昇主要批判的人物之一。他在全剧出现 8 次，一次一个面孔，从不同的侧面刻画了他的性格，他的狡诈、残暴、荒淫、虚弱活生生地呈现在观众面前。

《长生殿》曲词优美，曲律精严，尤为人们所称道。有的曲子本身就是一首优美的抒情诗。如《闻铃》中的〔武陵花〕一曲，风声、雨声衬托着李隆基心中缠绵悱恻之情，由景触情，情借景生，情景交融。《骂贼》的语言慷慨激昂，烘托出乐工雷海青虎虎若生的形象。《弹词》一出文字优美，传唱不息，清代有"家家'收拾起'，户户'不提防'"的说法（"收拾起"是李玉《千钟禄·惨睹》〔倾杯玉芙蓉〕的首三字，"不提防"是《长生殿·弹词》〔一枝花〕的首三字）。洪昇借助于徐麟的合作，在曲律上严加推敲。吴仪一《长生殿序》认为，句精字研，无不谐叶。"爱文者喜其词，知音者赏其律。"因此传闻益远，有家乐的争相传抄，转相教习。优伶能唱《长生殿》，则升价什佰。

《长生殿》三百年来盛演不衰。至今，《定情》《惊变》《骂贼》《弹词》《闻铃》等出，南北昆曲剧团仍作为保留节目，不时演出。

《聊斋志异》

中国清代文言短篇小说集，蒲松龄撰。

创作时期　蒲松龄在康熙元年（1662）前后年方及冠之时，便性喜搜奇记异，撰写狐鬼故事。康熙十八年初步结集，定名《聊斋志异》，撰写了情词凄婉的序文《聊斋自志》，自述写作苦衷，期待知音。此后，依然执著地写作，持续到花甲之年，方才逐渐搁笔。全书近500篇，是他在生命旺盛的大半生里陆续创作出来的。

一书兼二体　《聊斋志异》承袭了六朝志怪小说和唐人传奇的文学形态。全书数百篇，取材、作法不一，大体而言，约半数是记述奇闻奇事，粗陈梗概，有的也稍加点染，类似六朝志怪小说；半数是自撰的狐鬼花妖故事，少数写现实人生的故事也都带有些许幻笔，然记叙委曲，描摹细致，类似唐人传奇。纪昀曾讥议《聊斋志异》"一书而兼二体"（语见盛时彦《〈姑妄听之〉跋》），即由此种情况而发。无可置疑的是，前者虽然也有富有韵味，可堪称赏的篇章，如《骂鸭》《雨钱》，而后者却多为脍炙人口的名篇佳作，突出地体现着《聊斋志异》与六朝志怪小说、唐人传奇不同的文学特征。

志怪新质　《聊斋志异》中的狐鬼花妖故事，大致未脱六朝志怪小说中诸如人鬼结褵、仙凡遇合、物精报恩、冤魂复生、善恶报应之类的故事模式。这诸类怪异故事，原是古老的宗教意识（如人死为鬼，物老成精）与文学幻想互渗的结晶，在六朝志怪小说中被当作实有之事记载下来，"明神道之不诬"（干宝《搜神记·自序》），是小说的内容。而在《聊斋志异》里，则蜕变为文学的表现方式、手法，多数情况是用作故事的框架，任意装入半是真实半是幻化的现实的社会内容，狐鬼花妖故事只是小说思想意蕴的载体，是形态。如《席方平》写席方平入冥府代父申冤，城隍、郡司、鬼王三级冥官都贪赃而暴虐，滥施酷刑。六朝人的《幽冥录》中就有多则类似的故事。不同的是六朝人是旨在展示冥府、地狱之恐怖相，令人敬畏；《席方平》中对冥官大不敬的揭露，是作为揭露现实中官府黑暗之极的一种方式、手法。《公孙九娘》写莱阳生入鬼村与鬼女公孙九娘的一段短暂姻缘，用的是《搜神记》中几则有共性的所谓"幽婚"模式，装入的是现实社会中真实的血泪内容。故事的背景是作者耳闻目睹的官府镇压"于七之乱"中发生的事情，故事中出现的公孙九娘等几位弱女、书生之鬼，是受株连遭杀害的人，他们向莱阳生泣诉死于非命的不幸，就是小说所要表现的现实中被株连杀戮的那群人的冤苦可怜，个中隐寓了对官府滥杀无辜民众的非议。在《促织》里，志怪类小说中习见的"变身"事只起到故事转折的枢纽作用，走投无路的成名由于幼子之魂化为善斗的蟋蟀便祸去福来，前后两重天，完成了小说的"天子一跬步，皆关民命"的主题，更明显是一种小说叙事的技法。蒲松龄自谓作《聊斋志异》是"续幽冥之录""成孤愤之书"（《聊斋自志》），表明他是自觉地借谈鬼说狐抒写忧愤的。

自谱心声 《聊斋志异》中的狐鬼花妖故事，多是作者自发其平生的感受、体验、向往和对人生问题的思索的。明显的情况是故事的男主人公都是同他一样的落魄书生，美丽聪慧的狐鬼花妖都是不速而至，不期而遇，发生的都是与这一类书生的境遇、命运息息相关的事情。绿衣长裙的绿蜂精进入一位书生设在荒僻山寺中的书斋,曼声娇吟,给清冷孤寂的书生带来了温馨(《绿衣女》)。狐女凤仙为激励所爱的穷秀才上进,相约离去,留下一面可以随时显现其喜忧不同面容的镜子,以督促他勤奋攻读,"如此二年,一举而捷"。篇末"异史氏曰:'吾愿恒河沙数仙人,并遣娇女婚嫁人间,则贫穷海中,少苦众生矣!'"(《凤仙》)。这类虚幻的故事,无疑是科举失意、终年在缙绅之家坐馆的作者心造的幻影。最直接的反映其心迹的,是抒写科举失意之悲愤,诅咒科场考官的篇章。《叶生》写叶生文章"冠绝当时",却"困于场屋",抑郁而死,仍不甘心,幻形入世,将生平所作制艺传授给一位青年人,那位青年人便连试皆捷,金榜题名。他说:"是殆有命,借福泽为文章吐气,使天下人知半生沦落,非战之罪也。"话虽然颇为气壮,也只是一场幻影而已,最后只好以无限的惆怅结束其魂游。清人冯镇峦评之曰:"此篇即聊斋自作小传,故言

之痛心。"(《聊斋志异合评》)《司文郎》中借能够凭嗅觉辨别文章好坏的盲僧人之口,讥刺考官"并鼻亦盲矣",意谓一窍不通;《三生》写一大群科举不中者的鬼魂向阎罗诉讼,群情激愤,直待将考官捉去其双眼、剖开其心脏,"众始大快"。显然是作者发泄屡应乡试不中的愤恨之气。此类写心之作最富深蕴者,是思考人生的篇章。《黄英》通过士人马子才与菊花精婚前婚后的龃龉,嘲笑了传统文人以市井之业为俗贱的清高观念;《婴宁》写书生王子服对狐女婴宁的执著追求、终成连理,貌似爱情主题,实则突出地写出了婴宁在山野中未经世俗的规范、扭曲的绝顶天真的性情,进入人间便不得葆其天真之美,寄寓了对老庄哲学所崇尚的自然天性的向往。

艺术创新 《聊斋志异》摆脱了六朝志怪小说的神道观念,便能够自由发挥真幻相生、虚实互渗的潜力,在小说艺术上有许多开拓、创新。就小说体式说,其中既有

以情节曲折生动取胜者，如《王桂庵》《西湖主》，极尽跌宕起伏之能事，前人评之曰："文之矫变，至此极矣！"（但明伦评语）也有无故事或者弱情节者，如《王子安》只写了一位书生应试后放榜前夕醉卧家中的瞬息幻觉：以为连试皆捷，便得意忘形。《狐谐》重点写的是一位隐形的狐女与几位书生的舌战，闻其声而不见其人，便显示出她的机变、诙谐，言辞锋利，趣味盎然。《聊斋志异》在艺术上超越六朝志怪小说和唐人传奇小说的地方，更在于在叙事中增加了对人物活动和环境场景的描写。精彩的如《促织》中对被县官严限追逼的成名凝神屏息地捉蟋蟀、怀着惴惴不安的心情与人斗蟋蟀的两个场面的描写，细致入微，真切动人。《聂小倩》写鬼女聂小倩初入宁家，对婆母的戒备之心深为理解，尽心侍奉，对宁采臣有依恋之情，却不强求，终于使婆母释疑，变防范为喜爱，富有浓郁的生活气息。《婴宁》写婴宁所在的幽僻山村，鸟语花香

的院落、明亮洁泽的居室，描绘如画，烘托了主人公的美丽容貌和天真性情，也使故事增添了绚丽色彩。在叙事方面，《聊斋志异》虽然像前出的同类型的小说一样，基本上采用第三人称的全知视角，但却往往在故事的前半部分不写明狐鬼花妖之来历，有时还故用含糊之语，扑朔迷离，不知实情，读者顺读下去，方才悟出其然及其所以然，如《花姑子》《八大王》《西湖主》。有些篇章，如《连琐》写至连琐复活后说"十余年如一梦耳"，

《聊斋志异图》册页之一（清人绘）

戛然而止；《绿衣女》以绿蜂身染墨汁，走作"谢"字，振翼飞去，结束全篇，都有结而不尽之韵致；《公孙九娘》以莱阳生粗心，忘问志表，无法实现九娘迁骨殖回故里的嘱托，九娘怒而不愿再见作结，使这个原本凄惨的故事更增添了一种无奈的悲哀，意蕴更加深邃。

版本与影响　蒲松龄作成《聊斋志异》，手稿藏于其家，今仅存4册，凡237篇，约当全书之半部，有文学古籍刊行社影印本。他生前死后有许多传抄本，今存数种，重要者有：康熙年间直接据手稿过录的抄本，存4册和2残册，其中2册为手稿本所佚者。雍正年间易名《异史》的6卷抄本，篇目齐全，有中国书店影印本。乾隆间24卷抄本，收文474篇，有齐鲁书社影印本。这些早期抄本都有校勘价值。

《聊斋志异》的刊行始于乾隆三十一年（1766）赵起杲编刻的青柯亭本，以郑方坤得自淄川蒲家的抄本为底本，删去"单章只句、意味平浅"，或有违时忌者，厘定为16卷，凡430余篇，且删改了有违时忌的字句，基本保持了原作面貌。刊行后，随即有多处地方翻刻、选刻，继之有吕湛恩、何垠两家注释本和何守奇、但明伦两家评点本，以及喻焜集王渔洋、何守奇、但明伦、冯镇峦4家评语之合评本；清末又有每篇一图、图中题诗之图咏本。其间还有从传抄本录出为青柯亭刻本未收入篇章之拾遗本。近世之新整理本有中华书局上海编辑所（今上海古籍出版社）出版的张友鹤的《聊斋志异》会校会注会评本。

《聊斋志异》影响深远。自刊行后便风行全国，相继有人仿作，在清代中后期出现了文言短篇小说创作的新热潮。偏重效其传奇体者，有袁枚《子不语》、沈起凤《谐铎》、和邦额《夜谭随录》、浩歌子《萤窗异草》等；偏重古朴之笔记杂录者，有纪昀《阅微草堂笔记》、屠绅《六合内外琐言》、俞樾《右台仙馆笔记》等。自晚清起便有据《聊斋志异》里的故事改编的戏曲，近世尤盛，遍及京剧、川剧、秦腔、评剧等许多剧种，还先后有多部改编的电影、电视剧。《聊斋志异》很早就传入东亚日本等国，并曾对日本文学产生过影响。19世纪中开始有外文译文，至今已有日、英、法、德、俄、朝鲜、越南、捷克等多个语种的全译本或选译本。

《桃花扇》

中国清代戏曲作家孔尚任的传奇史剧。初刊于康熙四十七年（1708）。后有兰雪堂本、西园本、暖红室本、梁启超注本等。创作开始于孔尚任未出仕时。历经十余年惨淡经营，三易其稿而成。

《桃花扇》的思想内容 《桃花扇》截取南明王朝从建立到覆亡的这段历史作为创作题材，描写"朝政得失，文人聚散"（《凡例》），"借离合之情，写兴亡之感"（《先声》）。通过复社文人侯方域与秦淮名妓李香君的爱情故事，形象地表现了南明弘光王朝覆亡的历史。侯方域题诗宫扇赠李香君，二人相恋。阉党马士英、阮大铖欲与侯方域结交，通过画家杨龙友表示愿代出资促成侯、李的结合。李香君怒斥马、阮，侯方域受到她的激励，亦对此事加以拒绝。李自成攻陷北京，马士英、阮大铖等迎立福王，阉党复得势，对复社文人进行迫害。武昌总兵左良玉率军东下，朝野震动，侯方域修书劝阻，阮大铖诬以私通和做内应的罪名，侯方域被迫投奔在扬州督师的史可法。马士英、阮大铖强逼李香君嫁与漕抚田仰为妾。李香君矢志不从，撞头倒地，血溅侯方域所赠宫扇。杨龙友将宫扇血痕点染而成桃花图，李香君将桃花扇寄予侯方域。清兵南下，攻陷南京，李香君、侯方域先后避难于栖霞山，二人虽在白云庵相遇，但激于国破家亡，双双出家。孔尚任通过这个爱情故事，描写明末的一些重大历史事件。采撷的史实，始于明崇祯十六年（1643），终于清顺治二年（1645），以清代统治者征求山林隐逸作结，意图从这段史实中，揭示明朝"三百年之基业，隳于何人？败于何事？消于何年？歇于何地？"（《桃花扇小引》）

孔尚任在《桃花扇小识》中明确指出：权奸"进声色，罗货利，结党复仇"，导致了南明的覆亡。作品对南明王朝统治阶级内部的矛盾、斗争以及政治的腐败，作

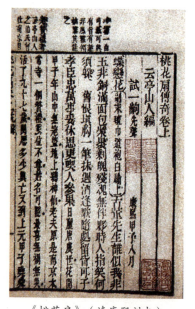

《桃花扇》（清康熙刻本）

了淋漓尽致的描写和相当深刻的揭露。君是昏君，臣是佞臣。半壁山河已是不存，昏聩的弘光帝却一意声色犬马，寻欢作乐。权臣马士英在亡国大难临头之日，想到的仍是"一队娇娆，十车细软"；阮大铖更是卖官鬻爵，倒行逆施。"幸遇国家多故，正是我辈得意之秋"，是他们的心灵写照。掌握重兵的江北四镇黄得功、高杰、刘良佐、刘泽清四总兵也是"国仇犹可恕，私怨最难消"，一味争夺地盘，相互残杀。总兵许定国在清军兵临城下时，杀了高杰，带领清兵连夜南下，争"下江南第一功"。坐镇武汉的左良玉，也以剿檄奸臣为名，领兵东下，四镇调兵迎击左良玉军，致使江北淮扬千里营空，清兵乘虚而入，直捣江南。南明王朝危机重重，政治腐败，已是不可救药，虽有史可法这样的贤明正直的官员，也是孤忠无助，困守扬州，束手无策。正像《拜坛》一出的眉批所说："私君、私臣、私恩、私仇，南朝无一非私，焉得不亡！"

市井烟火话通俗·大众的文学

054

《誓师》《沉江》等出不拘于历史事实，描写史可法保卫扬州的事迹。这些场面出现在明亡后仅仅50年的舞台上，观众中不乏明朝的"故臣遗老"，必然在感情上引起强烈的共鸣，唤起他们的亡国之痛。《桃花扇》所抒发的兴亡之感，在当时的历史条件下，在思想上给人们以极大的震撼。

人们对《桃花扇》主旨的看法并不统一。有人认为它表现了强烈的民族意识和爱国思想，有人认为它悼明而不反清，有人认为它借悼明以抒发对现实的感慨和苦闷，有人认为它在更深的层次上反映了时代的哲学思考。

《桃花扇》的艺术成就 作为中国传奇戏曲的殿后之作，《桃花扇》取得了多方面的艺术成就。

《桃花扇》塑造了众多的人物形象，上自帝王将相，下至艺人妓女，不下二三十个。作品在痛斥阉党权奸的同时，热情歌颂了李香君、柳敬亭、苏昆生、卞玉京等下层人物。《桃花扇纲领》把所有人物分为左、右、奇、偶、经五部。其中有主有次，有褒有贬。人物虽在一部，但性格各异，互不雷同。例如马士英、阮大铖虽同为魏阉余党，但彼此仍有差异。既写出了他们结党营私、荒淫腐朽的共同特征，又把握住他们之间性格、面貌不同的分寸。又如柳敬亭、苏昆生同是江湖艺人，却有不同的个性，一个机智、诙谐而锋芒毕露，一个憨厚而含蓄。还有妓女、武将等也无不如此。总之，《桃花扇》善于写出同类人物的差异，使他们大都具有鲜明的个性特征。

李香君是《桃花扇》的女主角，她的形象被塑造得更是光彩照人。作为秦淮名妓，李香君色艺非凡，声名远播，故其性格在稳重中稍觉矜持。《却奁》一出，刻画了她的反抗性格，突出了她性格中刚烈的一面。当她知道侯生所送妆奁之费出自阮大铖相助时，愤怒地指责了侯方域的妥协，唱出了"脱裙衫，穷不妨；布荆人，名自香"，促使侯方域坚定了立场。此时的李香君不但成了侯方域的"畏友",也同时赢得了复社文人的尊敬。《骂筵》写了她不畏强暴,当着马士英、阮大铖的面直言詈骂:"堂堂列公,半边南朝,望你峥嵘。出身希贵宠,创业选声容,后庭花又添几种。""东林伯仲,俺青楼皆知敬重。干儿义子从新用,绝不了魏家种。"她对侯方域的爱情,更多地出于对复社文人的同情和对阉党的痛恨。在李香君的形象上,坚贞的爱情和反对权奸的政治态度紧密地结合在一起;在李香君的经历中,爱情的不幸遭遇和国家的覆亡命运紧密地联系在一起,摆脱了一般才子佳人戏的俗套。对男主角侯方域,剧本写出了这个人物关心国事、看重名节、倜傥多才的特点,同时也写出了他性格中软弱动摇的一面。同时,对复社文人的"调嘴文章,当不得厮杀",以及留恋征歌选舞等,亦有微讽。对剧中人物,孔尚任力求写出他们性格的多面性,放在错综复杂的社会关系中加以塑造。杨龙友便是一个例子,

他能诗会画,风流自赏。他和侯方域、秦淮名妓李贞丽有交往,又是马士英的亲戚、阮大铖的盟弟。他促成侯方域、李香君的结合,又想利用李香君为阮大铖拉拢复社文人,但在危及侯、李生命的严重关头,又出力保护他们。孔尚任写出了杨龙友性格的各个侧面,使他成为一个有血有肉的艺术形象。

《桃花扇》对于不同的人物有不同的写法。在正面人物形象中,写柳敬亭,笔酣墨饱,点染成趣,处处有戏,富有传奇性;写李香君,纯用工细的白描手法,不追求离奇的情节,深刻地挖掘她的内心世界,并在重要的关目上突出地刻画她的个性。对反面人物形象,如马士英、阮大铖,则更多地采用夸张的手法,并通过人物的行动来揭露他们的丑恶本质。写法的不同,是为了表现人物性格上的差异。

《桃花扇》所反映的明末社会生活极为广阔复杂,它之所以能容纳深厚的历史和现实内涵,得力于作品独具匠心的艺术结构。孔尚

任巧妙地以侯方域、李香君的离合作为贯串全剧的中心线索，细针密线，连环相牵，互相生发。侯方域一线联结史可法、江北四镇，以及驻扎在武昌的左良玉。李香君一线则以南京为中心，牵动弘光皇帝、马士英、阮大铖等朝臣和秦淮水榭诸色艺人。最后，侯、李在江山易主的情况下重逢，旋即双双入道。两条线索，南北交插，疏密相间，跌宕有致。全剧在纷繁的历史事件和错综复杂的头绪中组织得这样完整、严谨，可以看出作者高度的艺术概括能力。剧本还特意渲染了一柄宫扇，绾合了全剧许多重要的情节。两个主人公的悲欢离合，南明王朝的兴亡在剧中都系于一扇。"南朝兴亡，遂系之桃花扇底"。(《桃花扇本末》)

《桃花扇》充分发挥了曲词和宾白的不同表现力。全剧曲词和宾白的安排匀称合度，对它们的不同作用有严格的区别："凡胸中情不可说，眼前景不能见者，则借词曲以咏之。"(《桃花扇·凡例》)至于交代情节，说明事实，则用宾白。长出只填八曲，短出或六曲或四曲，比较适合舞台演唱的要求。

《桃花扇》脱稿后，即风行一时。康熙三十九年（1700）正月，由金斗班在北京首演。孔尚任罢官后，仍在南北各地盛演不衰。在康熙年间的剧坛上，孔尚任和《长生殿》传奇的作者洪昇齐名，时人称为"南洪北孔"。孔尚任的友人顾彩曾把《桃花扇》改写为《南桃花扇》，变更结局，使生旦当场团圆，侯方域携李香君北归。后来，《桃花扇》又被改编为话剧、电影，以及京剧、桂剧、越剧、扬剧、评剧等。

《儒林外史》

中国清代小说。吴敬梓著。共56回。表面上写明代生活，实际上展示了一幅18世纪中国社会的

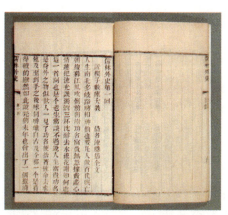

《儒林外史》（清同治八年群玉斋活字印本）

匠，三言两语便将作品人物形象勾勒出来，将他们内心的隐秘全部揭开。作家在描画人物片刻活动时，已经将人物的历史、将生活的全部本质摄取在内了。他通过人物之间的辐射、前后人物和事件的呼应，呈现了纷沓的生活的本源状态，揭示了社会关系的本质，从而使《儒林外史》成为一部现实主义的杰作。此书现存最早版本为嘉庆八年（1803）卧闲草堂刻本。人民文学出版社版张慧剑校注本较通行。

风俗画。它以封建士大夫的生活和精神状态为中心，从揭露科举制度以及在这个制度奴役下的士人的丑恶灵魂入手，进而讽刺封建官吏的昏聩无能、地主豪绅的贪吝刻薄、附庸风雅的名士的虚伪卑劣，以及整个封建礼教制度的腐朽和不堪救药，乃至在这种社会秩序下城乡下层人民的被歪曲的灵魂。吴敬梓揭发这些丑恶的人物和他们之间的关系，并通过具有说服力的艺术形象揭露造就这些人物的社会制度，给了封建社会以有力一击。小说也宣泄了作者对善良人物的诚挚深厚的爱心，表明了艺术家爱憎分明的态度。吴敬梓是刻画人物性格的巨

《红楼梦》

中国清代长篇小说，作者曹雪芹。作品以其内涵的丰厚和艺术的精湛成为古代小说的巅峰之作和中华文化的优秀代表之一。

人物形象与思想内容 《红楼梦》以贵族家庭的日常生活为主

要题材。书中描写的贾姓荣宁二府钟鸣鼎食、诗礼簪缨，正是中国 18 世纪"康乾盛世"时期贵族世家的艺术写照。与之"连络有亲"的史、王、薛诸家以及有"世交之谊"的在京在外的官吏豪强扶持照应，织成了一张千丝万缕的关系网，上通朝廷，下达地方，维护的是皇室官吏及其僚属的权势利益。小说通过贾雨村的夤缘复职、徇私枉法，贾珍、贾蓉的捐官封爵，以及地方的节度使、京中的都察院无不听命于贾府左右官司一类情节，虽着墨不多，却深刻揭露了封建官场的痼疾。在这种传统官僚政治制度的笼蔽之下，必然黑白颠倒、冤狱遍地、草菅人命。在经济生活上，荣宁二府奢华靡费、挥霍无度，生齿日繁、不图省俭，主仆上下安富尊荣，"外面的架子虽未甚倒，内囊却也尽上来了"。小说用浓墨重彩写了可卿之丧和元妃省亲的盛大场面，气派非凡，风光体面；同时却通过赵嬷嬷之口点出当年皇帝南巡不过是"虚热闹""把

银子都花的淌海水似的"，寓意深长。康乾盛世虽则维持着表面的繁荣，但吏治松弛、贪污成风、横征暴敛、民不聊生。这种外强中干的盛世衰兆，渗透在小说的艺术画面之中。富贵风流转瞬即逝，繁华热闹的背后，隐含着一种彻骨的悲凉。作者更从千里之外芥豆之微引出了与荣府略有瓜葛的刘姥姥一家，让人看出了村野乡间衣食不周、告贷求帮的平民生活，既拓宽了小说反映的社会生活空间，更借助刘姥姥的眼睛凸现了贫富悬殊。刘姥姥数进荣国府，成了目击贾府由盛而衰的见证人。

盛世贵家更加深刻的危机还在于精神空虚、道德沦丧、后继乏人。宁荣祖上靠军功起家，是"功名贯天"的开国勋臣，如今以老太君贾母为首的大家族表面上仍维持着四世同堂的格局和秩序，实际上则是一代不如一代。荣府袭爵的贾赦"官儿也不好生作去，成日家和小老婆喝酒"，还妄图霸占贾母的丫头鸳鸯；宁府的贾敬"一味好

道"，幻想长生，烧汞炼丹，送了性命；晚辈的贾珍、贾琏、贾蓉等都是寡廉鲜耻的纨绔子弟，终日寻花问柳、聚赌嫖娼，乃至聚麀乱伦。焦大醉骂掀开了纱幕一角，让人窥见这诗礼之家伤风败俗的内幕。两府之中，唯有贾政"端方正直""谦恭厚道"，是个崇奉儒教理学的正统人物，但他拘谨板滞、迂阔无能。贾政以及阖府上下都把承家继业、光宗耀祖的希望寄托在衔玉而生、聪明灵慧的嫡子贾宝玉身上。

贾宝玉是小说的主人公，是荣国府里众星拱月娇宠无比的贵公子，可他偏偏"无故寻愁觅恨，有时似傻如狂"，是个"富贵不知乐业""于国于家无望"的逆子。他不仅没有按照父辈设计传统规定那样走功名仕进的道路，反而将热心为官作宰的人称之为"禄蠹""国贼禄鬼"，把劝诫他读书应考、谈讲仕途经济的箴言教训斥之为"混账话"，甚至把历来颂扬的忠义名节"文死谏、武死战"视为沽名钓誉。因了宝玉的种种"不肖"，做父亲的贾政曾严厉管教、痛加笞挞，结果并未奏效，反而仗着祖母溺爱，更加放纵。总之，贾宝玉是彻底蔑弃了立身扬名光宗耀祖的人生道路，把自己的全副精神全部感情放在闺阁之中，专注于姐妹丫鬟之间。他的名言是："女儿是水作的骨肉，男人是泥作的骨肉。我见了女儿，我便清爽；见了男子，便觉浊臭逼人。""凡山川日月之精秀，只钟于女儿，须眉男子不过是渣滓浊沫而已。"宝玉对待女儿有一种特殊的亲昵、尊重、体贴、关爱的情感和态度，小说借警幻仙姑之口，把这种情态称之为"意淫"，为"天分中生成一段痴情"。"意淫"迥然有别于唯知淫乐以悦己的"皮肤淫滥之辈"，指的是两性之间"惟心会而不可口传，可神通而不可语达"的一种纯情，或曰"儿女真情"。《红楼梦》正是一部演"儿女真情"为"闺阁昭传"的作品。小说描写了以"金陵十二钗"为轴心的众多女子的形象，她们无论是贵为皇妃还是身处下贱，无论是刚强好胜还是温顺柔懦，亦即不论其身份地位、个性气质、遭逢际遇有怎样的不同，最终都归入"薄命司"中，都是宝玉同情、关切、痛惜的对象。诚如鲁迅所言，"爱博而心劳"，这是对贾宝玉思想性格的精当概括。唯其"爱博"，整天为女儿悬心、为姐妹操劳、为丫头充役，所以"心劳"，得了个"无事忙"的绰号。千百年来尤其是到了末世，在男权社会和宗法制度的压迫和钳制下，女性"千红一哭""万艳同悲"的生活和命运，在贾宝玉的心灵上引起了强烈的震撼和回响，所谓"悲凉之雾，遍被华林，然呼吸而领会之者，独宝玉而已"（鲁迅语）。贾宝玉保有一颗相对纯真和敏感的童心，他往往承受着比各个女性悲剧主角更为沉重的精神负荷。

在众多女儿之中，林黛玉和薛宝钗是最出类拔萃，为小说着力刻画的两个人物。前者是宝玉的姑表妹；后者是宝玉的姨表姐。林、薛二人是在品貌上可堪对举，在性格上恰成对照，在思想倾向上又迥然异趣的一对艺术形象。小说以宝玉黛玉的"木石前盟"和宝玉宝钗的"金玉良缘"来架构和衡定三者之间的关系，不能以浅俗的"三角"视之。一般而言，薛宝钗鲜艳丰美、端庄典雅，林黛玉风流袅娜、高标超逸，两者都是美，都为贾宝玉所爱慕和尊重。而薛宝钗在行为豁达、随分从时、罕言寡语、

《红楼梦》插图——宝玉游太虚幻境
（清乾隆五十六年程甲本）

藏愚守拙这一深沉的性格之中，包含着对传统礼法的严格遵循和对当下社会规范的主动适应，以致免不了对宝兄弟的为人处世有所规劝和箴谏，使得宝玉发出慨叹："好好的一个清净洁白女儿，也学的钓名沽誉"，沾染上了禄蠹之气，令人惋惜，与之"生分"。只有林黛玉，从来不曾劝他去立身扬名，从来不说"混账话"，故内心深敬，引为知己。林黛玉孤高自许，目无下尘，出言尖利，任情率性，在贾府虽则养尊处优，然而精神上却孤单无依，除贾宝玉外并无真正的知音。"一年三百六十日，风刀霜剑严相逼"是她内心真实的感受；"天尽头，何处有香丘"又是她朦胧的向往。面对现实的环境，林黛玉是与之无法协调也无力抗衡的，然而她自有一种超越环境的力量，这就是丰富的想象力和强烈的命运感。它集中体现在以《葬花吟》为代表的一系列诗作里。红楼女儿之中，林黛玉是精神生活最为丰富的一个，也最清晰地呈现出自我意识，或曰主体意识的觉醒。她不像薛宝钗那样善于理智地藏敛克制和修养自己，而较多地任性而行、任情而发，读曲、逞才、教诗、犯忌都属个性的自然流露。她十分珍惜与宝玉之间的挚爱真情，尽管曲折回环缠绵郁结，终究心证意证生死不渝。宝黛之间不仅是人生态度上的认同，更是思想情趣上的投合和精神气质上的默契。二者与其说是长期相处的理解互信，毋宁说是与生俱来的前盟旧友。黛玉之泪为宝玉的不自惜而流，谓之"还泪"，那么她最终为宝玉"泪尽夭亡"也就是"求仁得仁"、无怨无悔的。因而林黛玉是全书中理所当然的第一女主人公。按作者的原构思，黛玉逝后，宝玉宝钗成就"金玉姻缘"，终因二人志趣迥异，宝玉悬崖撒手，弃而为僧。即所谓"空对着，山中高士晶莹雪；终不忘，世外仙姝寂寞林""纵然是齐眉举案，到底意难平"。

贾宝玉的独特个性和人生道路不是偶然出现的，有其社会历史和思想文化的深刻原因。清代是中国漫长封建社会的最后一个朝代，旧制度已经老天拔地，所谓"盛世"不过是回光返照，就如书中赫赫扬扬已历百载的贾府已经运终数尽、无可挽回。在衰象和危机全面呈露的同时，异端的、具有新质的幼芽也在萌动。小说通过主人公贾宝玉所体现的在人际关系尤其是两性关系中对人的尊重、对人的价值和人的感情的尊重，正是近代意义的初步民主思想和平等观点，它和晚明社会及清代前期以李贽、汤显祖、戴震等人为代表的启蒙思潮彼此呼应、相互影响。这一思潮的核心是倡扬人的自由天性，呼唤人的主体精神，其内涵和性质近似于西方近代的人文主义。与同期杰出的思想家相比，曹雪芹的独异之处在于《红楼梦》是一部小说作品，是文学艺术，是用感性的、生活原来的形态来反映现实的，熔铸了作家独特的生活经历和人生感受，因而有可能包孕比理论著作以至作家自觉意识更为丰富深邃的东西。曹雪芹亲身经历和耳闻目睹了家族的败落和世事的沧桑，繁华爱恋、升沉荣辱，竟是到头一梦。这一切不由得令作家感到幻灭，也引发了深沉的思考。小说中"色空""好了""悲喜""真假""正反""有无"等相对迭出、相互转换的观念，不仅出现在行文中，而且渗透于整个艺术的肌体，这固然借重于佛道庄禅等思维成果，但更主要的是反映了作家精神上的矛盾和困惑、思索和探求。它表明作家对历史和现实、对人生和人性的思考已超越了所处的那个具体时代，带有更广远深邃的终极性质。因此，作品早已超越了社会揭露、道德谴责、先知拯救以

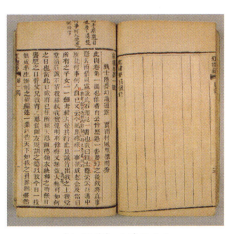

《红楼梦》（清抄本）

及好坏对立的传统模式，进入了哲理性的审美境界，具有如同生命本身和生活本身一样丰富复杂、生生不已的无穷意蕴。

艺术特色 《红楼梦》一经问世，同时代人便发出了"传神文笔是千秋"（清·永忠）的赞叹。戚蓼生在为之作序时以"一声两歌，一手两牍""注彼写此，目送手挥"等评论，很有见地地道出了小说神妙的艺术手腕。鲁迅在概括中国小说的历史发展时更说过，"自从《红楼梦》出来以后，传统的思想和写法都打破了"，给《红楼梦》以高度的评价。《红楼梦》的确是一座艺术的宝殿，气象万千，蔚为大观，无论是其整体还是细部，都能引人入胜、开人心智。

从总体上看，《红楼梦》最大的艺术特色是她像生活本身那样丰富复杂而又浑然天成。《红楼梦》是一部以作家个人生活经历为基础写成的小说，但并非作家的自传实录。从生活到艺术，其间经过了极大的提炼、改造、升华，所

谓"披阅十载，增删五次""十年辛苦不寻常"。小说虽则是"为闺阁昭传"，写儿女真情，却展现了极其广阔繁富的生活画面。从贵族世家、宫廷内帏、官衙寺庙，到市井闲人、村野平民以至倡优艺妓，一幅幅生活图景连缀交织，令人目不暇接。在家庭内部，从晨昏定省、饮馔游宴，到节庆大典、收租祭祀，一组组远近镜头组接变化，令人如历其境。历来对于《红楼梦》有"百科全书"之誉，不过是一种比喻性的说法，赞叹其描摹生活的丰富精微。实际上艺术创作更为艰辛，一切都要经过作家感情的熔铸、心灵的孕育，即所谓"字字看来皆是血"。书中所呈现的千姿百态的社会人文景观，无不灌注着作家的血泪辛酸、人生体验。然而，这样一部血泪凝成、苦心经营的书，读起来却如行云流水、毫不费力，并不感到人工斧凿的刻意打造，仿佛一切本来如此，作家不过随手拈来，照实录下。也就是说，看似平淡而细品醇厚，"极炼如不

炼，出色而本色"，是《红楼梦》艺术品格的基本特征。在这里，真和假、虚和实、平和奇达到有机统一，天功人巧已浑然难辨了。

与上述总的特色相联系，《红楼梦》的艺术结构和叙事观点也是匠心独运而又浑然一体的。小说在结构上最大的特点是其完整性和有机性。前五回在全书艺术结构中有特殊意义，不仅是全书故事的一个引子，而且是整个悲剧的一个缩影。第一回楔子中补天遗石和绛珠还泪两个神话把全书故事置于广阔的时空背景之中，寓意深长。第二回冷子兴演说荣国府，"使阅者心中已有一荣府隐隐在心"（脂评）。第五回的梦中幻境新颖奇警，判词和曲文是主要人物性格的提纲和命运的预示。从第六回起正式展开情节，整个结构是多头绪网络状的，前后呼应，"伏线千里"，牵一发而动全身。为写刘姥姥一进荣国府就伏下了"二进""三进"，用几枝宫花作引线遍串各房，把"十二钗"几乎都写到了。惜春出场的第一句

话就照应着她出家为尼的结局等等。那些大事件大波澜，如宝玉挨打、抄检大观园之类都是由远近大小诸多因素酝酿激发而成，事过之后又如海浪余波扩散荡漾成为新矛盾新事件的诱因。小说就是这样以金针暗度之笔、一击两鸣之法，把众多人物和事件贯穿交织成一个有机的整体。

有别于以往古典小说几无例外地用全知叙事，《红楼梦》的叙事观点兼有第一人称和第三人称的长处，既可增强亲历亲闻的真实感，又可不受拘限地叙写大千世界。与此相关，小说中设计了甄贾两府和甄贾两个宝玉来谐"真假"，用意在既要追踪蹑迹"实录"真事，又要以"假语存焉"有所避忌。小说的主体部分是隐去了真事的虚构，在关键处如南巡、抄家等又特笔用"甄"事点醒，而且预告后半部"真事欲显，假事将尽"。可是，以石头为叙述者，虚构了其与主人公灵性相通又非一体的微妙关系，通过甄真贾假此实彼虚两条线索写历

065

过一番梦幻的"真事"，既体现了艺术创作典型概括的通例，也出于避忌文字招祸的需要，是作者创造的一种独特的结构形式和叙述方式。

《红楼梦》在塑造人物方面的成就在中国小说中罕有其匹，这不仅是指数量而言，更是指艺术质量，指个性鲜明、内涵丰富、历久弥新。全书写了400多个人物，堪称艺术典型的就不下数十人，是一个长长的人物画廊。主人公贾宝玉的个性异常新颖独特，又十分亲切可感。他既有石破天惊的异端之想，又有扑面而来的世俗之气。他似傻如狂地违忤封建秩序，真诚细心地同情爱重清净女儿，大胆执著地追求纯真爱情；有时却又陷于苦恼困惑，向往返璞归真、参禅悟道。小说真实生动地展现了这一矛盾复杂、求索人生意义的精神历程。围绕着作为"群芳之冠"的主人公，小说描绘了众多女性的形象，其第一序列是"金陵十二钗"，不仅正册，在副册和又副册中也有十分重要的人物。这些女性形象既有鲜明突出的个性特征，又有丰富深厚的性格内涵。她们年龄相仿居处相近然而绝不会使人混淆。以性格基调而言，宝钗是"冷"，黛玉是"愁"，湘云是"豪"，凤姐是"辣"，探春是"敏"，元春是"贵"，迎春是"懦"，妙玉是"洁"，香菱是"苦"，紫鹃是"慧"，等等。各人的性格色调鲜明，不可移易。但就每个人物而言，其性格世界又是十分丰富复杂的。以王熙凤而论，这个人物的鲜活生动在全书中堪称第一。如果说宝黛等人较多地寄寓了作者的理想，较为空灵，那么凤姐其人主要来自真实的生活，仿佛要从纸上活跳出来。凤姐之"辣"是一种综合的审美效应，仔细辨析起来颇为复杂，它包含着杀伐决断的威严、穿心透肺的识力、不留后路的决绝、出奇制胜的谐谑等等。有时辣得令人可怖，毛骨悚然；有时辣得令人叫绝，痛快淋漓。凤姐的言行永远给人以新鲜感和动态感，当其出格出众，向男性中心的社会示威，的确扬眉吐气；当其机关算尽，为无限膨胀的私欲践踏他人，尤其是同为女性者的人格尊严以至生存权利时，则不能不使人心寒。这两者交织形成了一个以"辣"为特色的中国女性性格的奇观。凤姐形象具有很高的审美价值。鲁迅说《红楼梦》所写的都是"真的人物"，"和从前小说叙好人完全是好，坏人完全是坏的大不相同"，高度评价了《红楼梦》的人物创造。小说还善于在形象的相互联结和对照反差中实现个性、扩大容量，如贾府四春、红楼二尤、"晴

《红楼梦》插图——黛玉出情图（清《红楼梦人物图册》）

有林风、袭为钗副"、贾母与刘姥姥、焦大与赖大等等。

大观园是红楼女儿和贾宝玉的居处之所和游憩之地，是小说塑造人物开展故事至关重要的环境。"天上人间诸景备"，园中每处景物和居所，几乎都是主人个性的写照和延伸，怡红蕉棠、潇湘翠竹、蘅芜香草，都可作如是观。以大观园为舞台，红楼女儿演出了多少繁华旖旎、缠绵悱恻、率真动人的故事。自元春省亲以下，诸如"《西厢》共读""宝钗扑蝶""黛玉葬花""湘云醉卧""龄官画蔷""枕翠品茶""海棠结社""宝琴立雪""平儿理妆""香菱斗草""怡红夜宴"，不可胜数，无不充满诗情画意，韵味无穷。大观园和太虚幻境遥相照应，是清净之境女儿之界，具有象征意义。作为一座虚构的理想园林，大观园又已成了中国造园艺术的宝典和园林建筑的范本。

《红楼梦》创造了超越前代、至今不失为楷模的第一流的文学语言。和全书总的特色相联系，《红

楼梦》的语言平淡朴素而又含蓄蕴藉，或曰"文虽浅其意则深"。其佳处是在全体而不在枝节，其表现力不在词句的表面而在内里。无论是盛大的场面还是细腻的情思，都不用堆砌辞藻、不落前人窠臼，只用普通的切当的语言便能神完势足。还常以略貌取神、注此写彼之法使人意会，调动读者的想象来补足。《红楼梦》以北京话为基础，广泛吸收消融生活语言使之成为精粹的文学语言，俗语词、方言词、歇后语等都被驯化，更有不少精警的词句成为独创的新典，较以往的白话小说更加生活化，也更加文学化了。《红楼梦》的人物语言更是有口皆碑，百十个人身份不同、流品复杂、秉性各异，要设身处地、体察入微、描摹得当地为之"代言"，同一人物因时间、场合、心态等不同，语言也千变万化。传说曹雪芹"善谈吐，风雅游戏，触境生春，闻其奇谈娓娓然，令人终日不倦，是以其书绝妙尽致"（清·裕瑞）。除去辛苦锤炼之外，作家的语言天才令人惊叹。

文备众体，艺熔一炉。小说充分展现了作家在文体创造和艺事修养方面的才华和风采。《红楼梦》除小说主体文字为叙事散体外，书中包罗的其他文体可以说应有尽有：诗、词、曲、歌、谣、谚、赞、诔、偈、辞赋、联额、书启、灯谜、酒令、骈文等。以诗而论，又是各体各类都有。可说是真正的文备众体。而这一切又是小说的有机部分，在数以百计的韵文中，绝少作者出面，而能把各个人物之作，拟得诗如其人、"按头制帽"，绝非易事。《红楼梦》对中华文化集大成的风采，不限于文体和文学本身，各种姐妹艺术，包括戏剧、曲艺、绘画、书法、音乐、游戏，以及建筑艺术、园林艺术、服饰艺术、陈设艺术、编织、风筝等手工艺，以至于茶文化、酒文化、果品、点心、菜肴烹调等综合而成的饮食文化，无不在书中有精妙绝伦的反映。《红楼梦》不愧为中华文化的结晶。

版本 《红楼梦》早期流传的手抄本带有脂砚斋等人的批语，题名《脂砚斋重评石头记》。这种脂评本仅80回，现存完整的很少；"甲戌本"，残存16回；"己卯本"，存41回又两个半回；"庚辰本"，存78回；"戚序本"，是经过加工整理的脂本，整80回。还有"列藏本"，78回；"舒序本"，40回；"甲辰本"，80回。另有"蒙府本""梦稿本"均为120回，其前80回主要据脂本改动而来。

乾隆五十六年（1791）由程伟元、高鹗用活字排印《红楼梦》，题《新镌全部绣像红楼梦》，120回，称"程甲本"。次年程高二人对此修订后的排印本称"程乙本"，合称"程高本"。"程高本"的印行迅速扩大了《红楼梦》的流传和影响。后40回尽力呼应前80回，写了贾府抄家，尤其是保持了宝黛钗爱情婚姻的悲剧结局，以其优于诸多续书的大团圆结局而受到读者的肯定。然而由于人生态度和社会理想的殊异，后40回充斥劝惩果报之旨，人物性格多有变异，其历史意蕴和审美价值较原著大为逊色。

当今经过校注的《红楼梦》读本很多，以脂本为底本的有人民文学出版社、浙江文艺出版社、江苏古籍出版社诸种；以"程甲本"为底本的有中华书局版等。

《说岳全传》

中国清代小说。全称《精忠演义说本岳王全传》，题"仁和钱彩锦文氏编次""永福金丰大有氏增订"。钱、金二人生平均不详。共20卷80回，卷首有金丰序。大约是康熙至乾隆时期的作品。岳飞的故事早在南宋末年就成为民间说话艺人的题材。明代则有熊大木的《大宋中兴通俗演义》和于华玉的《按鉴通俗演义精忠传》两部小说流传。《说岳全传》一方面吸收了过

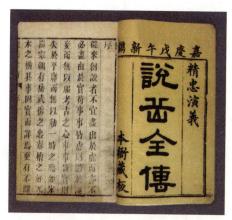

《说岳全传》（清嘉庆刊本）

去岳传中的精彩部分，同时又加进许多民间传说。若按历史固然有许多的不合，但它故事性强，突出了岳飞和他的部将；表现了强烈的民族意识和爱国精神，其成就和影响都超过了前两种小说。《说岳全传》前61回主要写岳飞。写他国难当头置个人得失荣辱于度外，以民族国家利益为重，驰骋疆场，精忠报国，是一位民族英雄；写他待人宽厚，军令森严，武艺高强，韬略精通，又是一位卓越的军事统帅。岳飞部队的主要战将都是各地起义的绿林好汉。后19回写奸臣强寇均遭惩罚，忠臣烈士均得封赠，虽反映着群众"幻将奇语慰忠魂"的愿

望，实质上仍是背离现实的大团圆俗套。小说明显地保留着民间话本的痕迹，每回结尾都是在情节紧要处打住，体现着说话人吸引听众的技巧。小说以叙述为主，是粗线条的描写，但多是说话人的套语。小说还留存着"说话"人的许多插话，或者解释、评论情节，或者打诨逗笑。题名有"说本"两字，并不是虚设。

《绿野仙踪》

中国清代小说。作者李百川，乾隆年间人。成书约在乾隆二十九年（1764）以前。抄本为100回，刊本为80回。小说以明代嘉靖朝为历史背景，以冷于冰看破红尘弃家修道以及收徒为线索贯串连城璧、金不换、温如玉、周琏等人的故事。小说描写了人世和仙境两个

世界，对仙境的描写以及在描写现实中夹杂的虚幻笔墨，明显地受神魔小说的影响，唯冷于冰身边的超尘、逐雷二鬼，日行千里，能探知一切隐秘，担负通讯、侦察的任务，这些描写表现了一定的想象力。冷于冰披着道袍，步履于云端，但他无时无刻不注视着人间社会；他不屑于人间的功名利禄，却热衷于神仙的名位。实际上冷于冰不过是具有无边法术的儒生而已。作者虽然企图从各个不同的生活侧面表现贪嗔爱欲的虚幻，但就情节而言，各个故事之间并无有机联系，故其结构显得芜杂松散。冷于冰是贯穿全书的人物，被夸饰为神通广大的英雄，似乎拯救天下全在他一人，其性格没有血肉，缺乏真实感。小说还杂有一些神怪和秽亵的描写，表现出迷信思想和低级趣味。

《镜花缘》

中国清代小说。作者李汝珍（1763？—1830？），字松石，号老松、青莲、北平子、松石道人。直隶大兴（今属北京市）人。曾在河南任县丞。一生多在江苏海州生活。他博学多才，尤对音韵之学能穷源索隐。他是一个有社会理想的落魄秀才。晚年著长篇小说《镜花缘》并由此而得名。另有音韵学著作《李氏音鉴》6卷、棋道著作《受子谱选》2卷。

《镜花缘》100回。前50回写秀才唐敖和林之洋、多九公三人出海游历各国及唐小山寻父的故事：

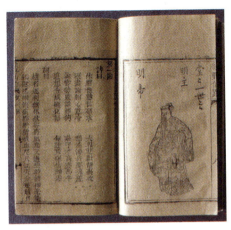

《绿野仙踪》（清抄本）

女皇武则天在严冬乘醉下诏要百花齐放，当时百花仙子不在洞府，众花神不敢违抗诏令，只得按期开放。为此，百花仙子同99位花神受罚，被贬到人世间。百花仙子托生为秀才唐敖之女唐小山。唐敖仕途不利，产生隐遁之志，抛妻别子跟随妻兄林之洋到海外经商游览。他们路经几十个国家，见识许多奇风异俗、奇人异事、野草仙花、野岛怪兽，并且结识了由花仙转世的十几名德才兼备、美貌妙龄的女子。唐敖求仙不返。唐小山跟着林之洋寻父。后遵父命改名唐闺臣，上船回国应考。后50回着重表现众女子的才华。武则天开科考试，录取100名才女。她们多次举行庆贺宴会，并表演了书、画、琴、棋，诗赋、音韵、医卜、算法，各种灯谜、诸般酒令以及双陆、马吊、射鹄、蹴球、斗草、提壶种种

面戏之类，尽欢而散。唐闺臣二次去小蓬莱寻父未返。最后则写到徐敬业、骆宾王等人的儿子，起兵讨武，在仙人的帮助下，他们打败了武氏军队设下的酒色财气四大迷魂阵，从而使中宗得以继位。

小说内容庞杂，涉猎的知识面广阔。作品颂扬女性的才能，充分肯定女子的社会地位，批判男尊女卑、女子无才便是德的封建观念。作者写"女儿国"里"男子反穿衣裙，作为妇人，以治内事；女子反穿靴帽，作为男人，以治外事"，反映出作者对男女平等、女子和男

《镜花缘》（清道光刻本）

人具有同样社会地位的良好愿望。借想象中"好让不争"的"礼乐之邦""君子国",表现他的社会理想,并以此来否定专横跋扈、贪赃枉法的封建官场和尔虞我诈、苞苴盛行的现实社会。作者还以辛辣而幽默的文笔,嘲讽那些金玉其外、败絮其中的冒牌儒生;并以漫画的手法,极尽讽刺挖苦之能事,批判种种品质恶劣和行为不端的人们。

《镜花缘》继承了《山海经》中的《海外西经》《大荒西经》的一些材料,经过作者的再创造,凭借他丰富的想象、幽默的笔调,运用夸张、隐喻、反衬等手法,创造出了结构独特、思想新颖的长篇小说。但是小说刻画人物的性格较差,众才女的个性不够鲜明。尤其

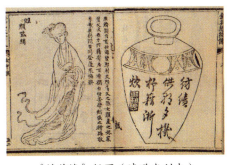

《镜花缘》插图(清道光刻本)

后半部偏重于知识的炫耀,人物形象性不足。

《野叟曝言》

中国清代小说。夏敬渠著。夏敬渠,字懋修,号二铭,江苏江阴人,诸生。终身不得志。所著除《野叟曝言》外,还有《纲目举正》《浣玉轩诗文集》《唐诗臆解》《医学发蒙》等。

《野叟曝言》20卷154回,是夏敬渠于晚年所著。小说以明代成化、弘治两朝为背景,叙写文白一生的英雄业绩。文白,字素臣。文武双全,胸怀大志,见宦官擅权,奸僧怙宠,国事日非,于是游历天下。他一路上除暴安良,济困扶危,入都后,为皇帝及王子治病,东宫太子尊以师礼,钦赐翰林。东宫太子即位,进素臣为华盖、谨身

两殿大学士，兼吏兵二部尚书，并以郡主配为左妻。素臣平浙平倭又建新功，天子加礼，号为素父，敕建府第，二妻四妾分居六楼。素臣于是大行其志。小说结尾写除夕之夜，素臣四世同做一梦，意谓素臣当列于圣贤行列，地位当不在韩昌黎之下。小说描写文素臣，极尽浮夸，最后奉他为圣人。书中许多描写不合常情，而且根本违背自然法则。文素臣的形象按道学家的尺度是高大无比的，但他是不真实的。《野叟曝言》在艺术上基本是蹈袭才子佳人小说和神魔小说。写文素臣与他的 4 个爱妾的离合悲欢，是才子佳人小说的俗套；写文素臣斩

《野叟曝言》（清活字本）

妖除奸，天下无敌，又不出神魔小说的窠臼。由于作者见闻广泛，阅历较深，小说对当时社会各地风土人情的描写，具有一定的价值。此书有光绪七年（1881）毗陵汇珍楼活字本 152 回初刻原本。

《好逑传》

中国清代中篇小说。又名《侠义风月传》，4 卷 18 回。清刊本题为"名教中人编次，游方外客批评"。《好逑传》叙述御史铁英之子铁中玉"既美且才，美而又侠"，曾为援救韩愿妻女，只身打入大尖侯养闲堂。又有兵部侍郎水居一之女水冰心美貌聪慧，多次智胜过学士之子，恶霸过其祖仗势逼婚，后为铁中玉路遇所救，而铁因此遭害致疾，冰心则不避嫌疑，迎至家中护视，彼此相敬。几经曲折后，铁

中玉得中翰林，与冰心成婚。其中水冰心抗婚一段颇为曲折，显示了她"临事作为，却又有才有胆，赛过须眉男子"的性格特色，在明清之际诸多才子佳人小说中属于上乘。全书大旨在宣扬"守经从权"之说，将纲常名教与青年男女正当交往调和起来，使"名教生辉""以彰风化"，因此夹有大段说教。此书 18 世纪传入欧洲，有英、法、德文译本，曾得到德国作家歌德的赞赏，外文译本已达 15 种以上。

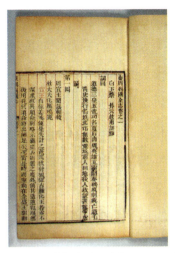

《东周列国志》

《东周列国志》

中国清代小说。描写春秋战国时代"列国"故事。关于"列国"故事的平话，最早产于元代。明余邵鱼（字畏斋）撰《列国志传》，明末冯梦龙加以改编，名为《新列

国志》。清乾隆年间，蔡元放（名奡，号七都梦夫、野云主人）又作修改，改名《东周列国志》，23卷、108回。小说从西周末年宣王三十九年（前789）写起，到秦始皇二十六年（前221）统一全国结束，包括春秋、战国 500 多年的历史，内容极其丰富复杂。所有的情节、人物都是从《左传》《国语》《战国策》《史记》等书中汲取来的。小说将分散的历史故事、人物传记，按照时间的先后串联起来，冶为一炉，成为一部结构完整的历史演义。小说谴责和揭露了昏聩、残暴、荒淫、愚昧的帝王、诸侯以

及贪婪、奸诈、阴险的佞臣，赞扬了从善如流、赏罚严明、胸怀大度的王侯和忠贞、勇敢、有才干的将相，也颂扬了见义勇为、机智果敢的豪侠。小说结构布局主次分明、繁简得当。虽然头绪纷繁，矛盾错综复杂，但来龙去脉交代清楚，不仅整个历史时代的发展变化得到如实的反映，各诸侯国的发展、变化，各国之间的关系，都写得条理分明。故事性强，每个故事既有相对的独立性，又是全书的一部分。许多故事描述得娓娓动听，引人入胜。小说用语简洁、通畅，但因汲取了多种史书的内容，文字繁简也有不一致的地方。1955 年人民文学出版社出版的标点本较常见。

《施公案》

中国晚清小说。又称《施公案传》《施案奇闻》《百断奇观》。8卷，97 回，未著撰人。现存最早刊本为嘉庆二十五年（1820）厦门文德堂本，由嘉庆三年序文可推知约成书于乾隆、嘉庆之间。小说的中心人物施仕纶，原型即康熙年间施仕纶，字文贤，系收复台湾的靖海侯施琅之子；曾任扬州、江宁知府，顺天府尹，漕运总督等官，著有《南堂集》，《清史稿》有传。但书中情节大都出于虚构。

小说从施仕纶作扬州府江都县令写起，到升任通州仓上总督止，所作之事，不外审案和剿寇，情节比明代公案小说稍加曲折，断案之外，又有私访遇险之事。书中大小十余案，大都靠托梦显灵、鬼神鉴察来解决，灵怪色彩很浓。30 回后，出现另一主要人物——侠客黄天霸。黄出身"绿林"，行刺施公被擒，自称"改邪归正"（第 34回），改名施忠，充当官家的护院和走卒。他与昔日的绿林朋友反目成仇，定计斩决十二寇，逼杀结义兄嫂，邀功请赏。这一人物的塑造，意在使"侠客"和"忠义"结合起来，变成忠于封建统治的奴才和帮凶。书中写剿杀"黄河套水寇"刘六、刘七和恶虎庄的武天虬、濮天雕，手段残忍狠毒，表现了维护忠孝节义和封建等级制度的明显倾向。

《施公案》标志着中国公案小说和侠义小说的合流。此后出现《三侠五义》《彭公案》以及《李公案》《刘公案》《于公案》和《张公案》等，形成侠义公案小说流派。《施公案》语言通俗，类似口语，但粗糙庸俗，语多不通；而善于铺排，则具有民间通俗文学的特点。其宣扬"惩恶扬善"思想，也迎合部分市民心理，故产生很大影响。京剧《恶虎村》和《连环套》等数十出剧目，均取材于《施公案》。有多种道光年间刻本。同治、光绪年间曾陆续续至10集，500余回。1982年北京宝文堂取初刻本及部分续作排印出版，共402回。

《儿女英雄传》

中国近代小说。著者文康。书中首回"缘起"言初名《金玉缘》，又曾名《日下新书》《正法眼藏五十三参》；后多种刻本题名《儿女英雄传评话》，又名《侠女奇缘》。著者称原稿53回，今存40回及"缘起"1回。

小说的基本情节是：南河知县安学海因不肯行贿，被河道总督陷害入狱。其子安骥千里救父，夜宿能仁寺，险遭凶僧图财害命，幸得侠女十三妹相救。又由十三妹做媒，与同时被救出的村女张金凤结成姻缘。安学海获释后，始知十三妹名何玉凤，是将门之女；其父被大将军纪献唐害死，玉凤从侠士邓九公学武艺，誓报父仇。安、何两家本是世交，且纪献唐已因罪被朝廷所诛，于是经安学海、邓九公劝说，玉凤也嫁安骥。最后安骥进士及第，钦点探花，累迁屡升，位极人臣，安老夫妻"寿登期颐，子贵孙荣"。

文康一生从社会、家庭两个方面都感受到了清朝的衰败，创作这部小说，意在"作一场儿女英雄公案，成一篇人情天理文章，点缀太平盛世"（首回"缘起"）。他指责《红楼梦》的作者曹雪芹"不知合假托的那贾府有甚的牢不可解的怨毒，所以才把他家不曾留得一个完人，道着一句好话"（第34回）。因此主要人物设置有意与《红楼梦》对应，但人物品性行为却正相反。小说着力渲染安氏父子的"忠"，安骥、何玉凤为父雪冤报仇的"孝"。贾宝玉鄙薄科举，安骥则一意仕进。书中充斥着迂腐的封建说教。作者立意要写出一个合"忠臣、孝子、义夫、节妇"于一家，既有"儿女真情"又成就"英雄事业"的完美结局，却"只是一个迂腐的八旗老官

僚在那穷愁之中作的如意梦"（胡适《〈儿女英雄传〉序》）。

小说在思想主题上存在的问题，并未影响这部作品尚具备的其他多方面价值。小说对当时社会丑恶现状有着可观的揭露，反映了封建社会官场政治的黑暗。同时对清代中后期科举程序、市井生计、旗人社会、婚丧嫁娶、庙会场景、餐饮娱乐等社情民俗都有准确传神的记录。虽为武侠小说，但其中的言情部分更多，对人物形象、心理都有出色的刻画，也写得曲折动人。作者在结构作品、写作方法上借鉴运用了当时中国小说中不常见的留

《儿女英雄传》

悬念、设伏笔与倒叙等外国文学技巧。在语言上，使用了流畅悦耳、幽默动人的北京话。自清末以来一直受到读者喜爱。

《儿女英雄传》现存最早刻本为清光绪四年（1878）北京聚珍堂活字本。此后翻刻甚多。1983 年人民文学出版社出版校点本，附录相关资料。另有《续儿女英雄传》32 回，光绪二十四年（1898）北京宏文书局石印，未署撰人，光绪三十三年（1907）上海铄石书局石印本则称作者为赵子衡。之后又有多种续书，均更不及原著。

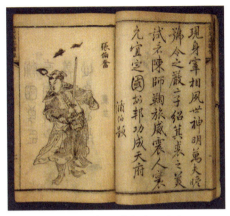

《荡寇志》（清咸丰刻本）

《荡寇志》

中国近代小说。又名《结水浒传》。70 回，末附"结子" 1 回。作者俞万春（1794—1849），字仲华。浙江山阴（今绍兴）人。出身诸生。父曾官广东县令。早年随其父居粤。嘉庆十八年（1813），助其父平定珠崖（海南岛）黎族起义。道光十一二年（1831—1832）间，又参与围剿赵金龙为首的湘、粤、桂三省瑶民起义，以功获叙官，不就。回浙江，在杭州行医。晚年信奉道释，自号忽来道人。

俞万春在参加镇压农民起义过程中，感受到清王朝的危机，也看到《水浒传》的巨大影响，起义者"以《水浒》传奇煽惑于众"。于是从道光六年至二十七年（1826—1847），用 22 年时间写成《荡寇志》。咸丰元年（1851）经其子俞龙光修润，咸丰三年刊行。

俞万春非常不满《水浒传》梁山泊受招安等内容，认为对于宋江等人，"只有被张叔夜擒拿正法一句话"。因此接其70回以后，续作此70回，写水浒108名英雄非死即诛，"无一能逃斧钺"的结局，以使人们"知忠义之不可伪托，而盗贼之终不可为"。小说写告休提辖陈希真之女陈丽卿，被高俅养子高衙内看中，欲仗势强娶。陈丽卿痛打高衙内，父女被逼逃到山东，暂托猿臂寨"权作绿林"，却勾结官军，专与水浒寨对垒，以求"得胜梁山，作赎罪之计"，显示其"真忠真义"。最后在经略使大将军燕国公张叔夜率领下，攻破三关，杀上忠义堂，"平灭梁山"。父女俱得封赏，大宋朝从此"永享太平"。

全书主旨"尊王灭寇"，维护王朝统治，鼓吹镇压和屠杀。所以，一方面把梁山泊写成"极凶极恶的强盗"，并为108将全部安排了悲惨结局：关胜、武松等72人战败惨死，宋江、李逵等被生擒献京，"凌迟处死"；另一方面神化陈氏父女和官军将领，说成是雷祖座下的雷神、天将，赋予他们超群武艺、过人韬略。书中虽也写到高俅、蔡京等权奸，却借一"劝世道人"之口责问宋江："贪官污吏干你甚事？刑赏黜陟，天子之称也；弹劾奏闻，台臣之称也；廉访纠察，司道之职也。"极力宣扬专制等级制度的合理性，小说在艺术上力求追步《水浒传》。作者从经历中深知所谓"贼寇"并非凡庸之辈，故写两军对战，波澜迭起，武斗交锋也惊心动魄。写梁山人物如林冲、武松、鲁达等，也能符合他们在原著中的个性特点。全书行文布局、造语设景颇具匠心，文字精练流畅。鲁迅说"在纠缠旧作之同类小说中，盖差为佼佼者矣"（《中国小说史略》）。但《荡寇志》写官军，必欲使其胜过梁山，于是用兵则料事如神，遇难则神仙出救，以致乖戾造作。

《荡寇志》有多种重刻本。1981年人民文学出版社出版新校点本，附录各家序跋等资料。

《三侠五义》

中国近代小说。120回。清光绪五年（1879）初版，署石玉昆述，卷首有问竹主人、退思主人、入迷道人三序。石玉昆（约1810—1871），字振之，天津人。咸丰、同治间著名说书艺人。其说唱之《包公案》，由文良等人记录整理为《龙图公案》，再经人删去唱词、增饰成120回小说《龙图耳录》。问竹主人又加以修改润色，更名为《忠烈侠义传》，又名《三侠五义》。近代学者俞樾认为此书第一回"狸猫换太子"事"殊涉不经"，遂援正史重撰第一回。又因三侠即南侠展昭、北侠欧阳春、双侠丁兆兰和丁兆蕙，实为四侠，增以小侠艾虎、黑妖狐智化、小诸葛沈仲元共为七侠；原五鼠即钻天鼠卢方、彻地鼠韩彰、穿山鼠徐庆、翻江鼠蒋

平、锦毛鼠白玉堂，仍为五义士，故改书名为《七侠五义》，于光绪十五年（1889）作序刊行。所以今有《三侠五义》和《七侠五义》两本流传。

《三侠五义》在历代包公（包拯）故事基础上加工创作。包拯，庐州合肥（今安徽合肥）人，仁宗时曾官监察御史、天章阁待制、龙图阁直学士、枢密副使等职。以大臣知开封府事时，以刚正不阿著称。《宋史》有传。宋元以来不断有以包公为题材的文学作品出现，如宋元话本《合同文字记》，元杂剧《抱妆盒》《盆儿鬼》和《陈州粜米》等。明末《龙图公案》，是

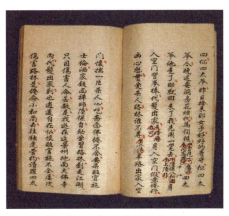

《三侠五义》（清嘉庆抄本）

有关包公审案断狱的短篇故事集。《三侠五义》把这些公案故事及民间传说串联为长篇，加以虚构扩展，特别增加大量侠客义士帮助官府破案缉凶和游行村市、除暴安良的情节。

小说大致分为两部分。前70回，主要写包公陈州查赈、明断各种奇案冤狱以及铡庞昱、葛登云和为李太后申冤等，其中穿插南侠封"御猫"、五鼠闹东京并归服朝廷事。后50回，以包公门生颜眘敏为中心，写他在众侠义协助下，剪除马朝贤、马强、襄阳王赵珏等诛强除暴的故事。

在小说中，清官与侠客相互为用，以期达到"不负朝廷"或"致君泽民"的共同目的。南侠、五鼠均被授皇家护卫，表现了宣扬忠义和维护帝王统治秩序的倾向。侠客义士依附统治阶级中的正面人物，与奸邪势力对立，仗义除暴，为民申冤，反映了人民群众的某些思想和愿望。小说明显表达出人民对清明政治的要求和对是非善恶的态度。如小说揭露和抨击太师庞吉恃宠结党营私，诬陷忠良；庞昱荼毒百姓，抢掠民女；苗秀父子鱼肉乡里，重利盘剥；葛登云、马刚肆虐逞凶，为害地方等。同时，对嫌贫爱富的柳洪、雪中送炭的刘洪义、嫁祸于人的冯君衡等，褒贬态度亦极鲜明。

《三侠五义》是侠义公案小说中较优秀的作品。小说中的包公是一个理想化的形象。他忠于朝廷，却不奴颜婢膝，敢于直谏；刚正严明，不畏权威，劾国丈、斩国舅、铡侯爵；体恤百姓，为民申冤；机智明断，又沉稳刚毅。侠义人物富于传奇色彩，如展昭金龙寺杀凶僧、庞吉花园破妖魔及白玉堂闯铜网阵等，都十分惊险。每个人物各具特性，如欧阳春的稳重狷介、白玉堂的骄纵好胜、蒋平的机警幽默、艾虎的粗中有细、卢方的忠厚，均形象鲜明。小说情节错综变幻，曲折动人，语言流畅生动，保留了说话艺术的口语化特点。鲁迅说此书"而独于写草野豪杰，辄奕奕有神，间或衬以世态，杂以诙谐，亦每令莽夫分外生色"（《中国小说史略》）。

《三侠五义》影响十分广泛。其后，出现了《小五义》《续小五义》《英雄大八义》《英雄小八义》等类似的作品。而《三侠五义》的不少故事，又成为各类戏曲的题材来源。如京剧《打銮驾》《遇皇后》《打龙袍》《赤桑镇》和《五鼠闹东京》等，均敷衍其中故事。

《三侠五义》有多种铅印本。《七侠五义》有1980年北京宝文堂铅印本。1981年上海古籍出版社首次出版谢蓝斋抄本《龙图耳录》。

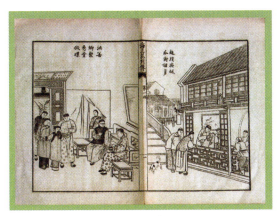

《海上花列传》（清光绪刻本）

《海上花列传》

中国近代小说。又名《绘图青楼宝鉴》《绘图海上青楼奇缘》《海上看花记》和《海上花》。64回。作者花也怜侬，即韩邦庆（1856—1894），字子云，号太仙，自署大一山人。松江府（今属上海）人。曾在豫为幕僚。光绪十七年（1891），到北京应顺天乡试，落第，遂归上海，常为《申报》写稿，所得笔墨之资，悉挥霍于花丛中。《海上花列传》就是以娼妓为题材的长篇小说。此外尚有文言小说集《太仙漫稿》。

作者自称《海上花列传》"为劝戒而作"（《例言》）。小说以赵朴斋、赵二宝兄妹为主要线索，写他们从农村来到上海后，被生活所迫而堕落的故事。赵朴斋因狎妓招

致困顿，沦落至拉洋车为生。二宝则沦为娼妓。赵氏兄妹的遭遇和经历，在上海下层社会生活中，有一定的典型性。书中广泛描写了官僚、名士、商人、买办、纨绔子弟、地痞流氓等人的狎妓生活以及妓女的悲惨遭遇。内容虽以写妓院生活为主，而旁及官场和商界，反映了日益殖民地化的上海的部分社会面貌。《海上花列传》是中国第一部人物对话全用吴语（苏州方言）的小说，人物口吻毕肖，真切生动。作者自谓小说的结构是从《儒林外史》蜕化而来，使用了"穿插""藏闪"等技巧。描绘人物性格、刻画人情世态，细腻传神。写妓女亦个个不同，有好有坏，较近于写实。所以鲁迅称赞此书"始实写妓家""平淡而近自然"（《中国小说史略》）。此书前30回光绪十八年（1892）首刊于作者自编文艺刊物《海上奇书》，光绪二十年出单行本。1982年人民文学出版社的新排印本根据初刻石印本整理。

白 朴

中国元代戏曲作家、词人。字太素，号兰谷，初名恒，字仁甫。隩州（今山西河曲县附近）人。父白华任金朝枢密院判官，金哀宗开兴元年（1232），蒙古军攻南京（今开封），白华随哀宗奔归德，白朴则与母留南京。次年金将崔立叛降，南京失陷。崔立掳王公大臣妻女送往蒙古军中，白朴母亲也在其内。这时白朴尚年幼，由他父亲的好友元好问带领，渡河至山东聊城，又迁居山西忻州。元好问视他如亲子。数年后白华北归，白朴随父依元名将史天泽，客居真定。元世祖中统初，史天泽曾将他推荐给朝廷，白朴再三辞谢。后师巨源又荐他从政，也不就，终身未仕。白朴自幼聪慧，善于默记，早年习诗赋，后精于度曲。

作有杂剧《梧桐雨》和《墙头马上》等多种。《梧桐雨》全名《唐明皇秋夜梧桐雨》，取材于唐人陈鸿《长恨歌传》，标目取自白居易《长恨歌》"秋雨梧桐叶落时"诗句，写唐明皇李隆基与杨贵妃故事。情节是：幽州节度使裨将安禄山失机当斩，解送京师。唐明皇反加宠爱，安遂与杨贵妃私通。因与杨国忠不睦，又出任范阳节度使。后安禄山反，明皇仓皇逃出长安去蜀。至马嵬驿，大军不前，兵谏请诛杨国忠兄妹。明皇无奈，命贵妃于佛堂中自缢。后李隆基返长安，在西宫悬贵妃像，朝夕相对。一夕，梦中相见，为梧桐雨声惊醒，追思往事，倍添惆怅。全剧以李、杨爱情为主线，反映了安史之乱这一重大历史事件及唐王朝由盛至衰的过程。全剧结构层次井然，曲词华美隽雅，诗意浓厚。末折以闻雨打梧桐声作结，渲染悲剧气氛，衬托李隆基凄凉的内心世界，尤见成功。此剧对清人洪昇的传奇戏曲《长生殿》影响很大。

《墙头马上》全名《裴少俊墙头马上》，所写故事源于白居易新乐府《井底引银瓶》。剧中写裴少俊奉父命由长安去洛阳选买奇花异卉，骑马过李世杰花园，与李世杰女李千金隔墙以诗赠答。当晚私约后园，为李家乳姬撞见，两人遂私奔到长安，居裴家后花园七年，生一子一女。后被少俊父裴行俭发现，强令少俊休妻而留下子女。千金归洛阳，父母亡故，在家守节。少俊中进士后，与李千金正式完婚。李千金形象有别于其他杂剧中的大家闺秀，她敢于蔑视封建礼教而私奔，还敢于为自己的行为辩护，有民间市井女子的性格特征。全剧结构严谨，情节变化合情合理。有些曲词本色通俗，真实生动，而且性格化。

另有杂剧《董秀英花月东墙记》，故事情节与《西厢》略同，而成就远不如《西厢》。全剧五折，一折戏中由多人演唱，为元杂剧的变体。但此剧不能确定是白朴原作。

白朴的词流传至今的有100余

首,大致为怀古、闲适、咏物与应酬之作。他的怀古词如〔水调歌头〕《初至金陵》等篇,寄托了故国之思,感慨很深。白朴还有不少"闲适"词,表现了消极避世的生活态度。他与不少元代作家一样,倾慕浪迹山林的生活,如〔西江月〕《渔父》等词即是。他的词风受宋词豪放派的影响,但也并非没有婉丽之作。清代朱彝尊评他的词说:"源出苏辛而绝无叫嚣之气。"

白朴散曲内容大抵是叹世、咏景和闺怨之作。这也是元代散曲家经常表现的题材。艺术上以清丽见长,是当时有成就的作家之一。他的"叹世""写景"之作,如〔沉醉东风〕《渔夫》、〔寄生草〕《劝饮》、〔天净沙〕《春、夏、秋、冬》等曲,俊爽高远,以情写景,情景交融。闺情作品以〔仙吕·点绛唇〕散套为代表作,文辞秀丽工整。还有一些小令吸收民间情歌特点,显得清新活泼。

所作杂剧共 16 种:《绝缨会》《赶江江》《东墙记》《梁山伯》《赚兰亭》《银筝怨》《斩白蛇》《梧桐雨》《幸月宫》《崔护谒浆》《钱塘梦》《高祖归庄》《凤凰船》《墙头马上》《流红叶》《箭射双雕》。今存《梧桐雨》《墙头马上》《东墙记》3 种及《流红叶》《箭射双雕》2 剧残曲。此外还有《天籁集》词 2 卷。清人杨友敬辑其散曲附于集后,名《摭遗》。他的散曲作品据隋树森《全元散曲》所辑,存小令 37 首、套曲 4 首。

关汉卿

中国元代杂剧作家。古代戏曲创作的代表人物。

生平 有关关汉卿生平的资料缺乏,只能从零星的记载中窥见其大略。元代后期戏曲家钟嗣成《录鬼簿》载,"关汉卿,大都人,太医院尹,号已斋叟"。"太医院尹"

别本《录鬼簿》作"太医院户"。查《金史》或《元史》均未见"太医院尹"的官名，而"医户"却是元代户籍之一，属太医院管辖。因此，关汉卿很可能是属元代太医院的一个医生。《拜月亭》中，他有一段临床诊病的描写，宛若医人声口，可以作为佐证。

元末朱经《青楼集·序》载："我皇元初并海宇，而金之遗民若杜散人、白兰谷、关已斋辈，皆不屑仕进，乃嘲弄风月，流连光景。"杜散人即杜善夫，是由金入元的作家，白兰谷即白朴，金亡（1234）时才8岁，估计关汉卿的年代同他们接近，也是由金入元的作家。关

汉卿今存〔大德歌〕10首，"大德"是元成宗的年号（1297—1307），上距金亡已70年左右。由此可以推断出关汉卿约卒于元成宗大德元年（1297）以后，其生年估计在金末或元太宗时（1230年前后）。《录鬼簿》作者钟嗣成称关汉卿为"前辈已死名公"，说"余生也晚，不得预几席之末"。《录鬼簿》成书于1330年，故将关汉卿卒年定在1300年左右，当去事实不远。

关汉卿是一位熟悉勾栏伎艺的戏曲家，《析津志》说他"生而倜傥，博学能文，滑稽多智，蕴藉风流，为一时之冠"。关汉卿在元代前期杂剧界是领袖人物，是玉京书会里最著名的书会才人。据《录鬼簿》《青楼集》《南村辍耕录》记载，他和杂剧作家杨显之、梁进之、费君祥，散曲作家王和卿以及著名女演员珠帘秀等均有交往，和杨显之、王和卿更见亲密。

杂剧创作 《录鬼簿》著录关汉卿杂剧名目共62种（今人傅惜华《元代杂剧全目》著录关剧存目

共 67 种），今存 18 种，其中几种是否为关作，人们尚有不同意见。这些剧目分别为《感天动地窦娥冤》《望江亭中秋切鲙》《赵盼儿风月救风尘》《包待制智斩鲁斋郎》《包待制三勘蝴蝶梦》《杜蕊娘智赏金线池》《钱大尹智宠谢天香》《温太真玉镜台》《尉迟恭单鞭夺槊》《关大王独赴单刀会》《王闰香夜月四春园》《刘夫人庆赏五侯宴》《邓夫人苦痛哭存孝》《山神庙裴度还带》《状元堂陈母教子》《闺怨佳人拜月亭》《诈妮子调风月》《关张双赴西蜀梦》。关剧取材于民间传说、历史故事和现实生活，真实地反映了元代的社会阶级矛盾和社会风貌。无论是思想内容还是艺术成就，都达到了中国戏剧史的高峰。

剧作的思想内容 关汉卿的剧作深刻揭露了元代社会的黑暗，是元代残酷的民族压迫和阶级压迫的一面镜子。他的代表作《窦娥冤》写一个弱小无靠的寡妇窦娥，在贪官桃杌的迫害下，被诬为"药死公公"，斩首示众。窦娥的冤案有

巨大的典型意义，作家以"人命关天关地"的高度社会责任感，提出了封建社会里"官吏每（们）无心正法，使百姓有口难言"这个带普遍意义的问题，强烈控诉了封建制度与民为敌、残民以逞的罪恶。在《鲁斋郎》中，作家写鲁斋郎在光天化日之下先后强占银匠李四和中级官吏张珪的妻子，而清官包拯却必须瞒过皇帝，把"鲁斋郎"的名字改成"鱼齐即"才能铲奸除害。在《望江亭》中，杨衙内凭借皇帝赐予的势剑金牌便可以为所欲为，到潭州杀人夺妻。这些剧作批判的矛头，有意无意地指向最高的封建统治者。在《救风尘》《金线池》《谢天香》中，关汉卿描写妓女的不幸遭遇，为这些被侮辱与被损害的下层妇女喊出了要求自由、要求平等的心声。在《诈妮子》中，贵族小千户用花言巧语诱奸了婢女燕燕，转眼就爱上别人，使燕燕的身心遭受极大的痛苦。在《拜月亭》中，尚书王镇反对女儿无媒自聘，逼女儿撇下了重病卧床的丈夫，硬

把她从客店里拉回去。关汉卿杂剧中这些描写，深刻反映了封建社会官民之间、男女之间、主婢之间、父女之间种种不合理的现象，批判了"三纲五常"的封建伦理道德。

在愤怒揭露封建社会的黑暗、暴露元代残酷的阶级压迫与民族压迫的同时，关剧塑造了一系列鲜明的正面形象，其中尤以描写下层妇女的形象最为突出。他留下的18种杂剧中，"旦本"戏占了12种。他笔下的妇女形象的主要特点是：①出身微贱，社会地位低下，像妓女、婢女、乳娘、农妇、小户人家、寡妇、寄人篱下的弱女等。②几乎毫无例外都是被侮辱被损害的人物，她们都是封建统治阶级渔色猎艳或残酷奴役的对象。③这些下层妇女在反抗压迫斗争中，是桀骜不驯的勇者，并非任人宰割的羔羊。像以自己的美丽、勇敢与机智设计营救同行姐妹的赵盼儿，有胆有识、巧扮渔妇智赚杨衙内势剑金牌的谭计儿，力图摆脱奴婢的悲惨地位、敢于在贵族婚宴上闹婚的燕

燕，都是明显的例子。关汉卿剧作中的妇女形象，在整个中国文学史上都是极为突出的。

关剧还深刻揭露了一小撮骑在人民头上的封建统治者横行霸道、贪赃枉法的丑恶行径，为我们展现了一幅封建统治阶级的"百丑图"。这其中有权豪势要、皇亲国戚、贪官污吏、土豪劣绅、衙内公子、鸨母嫖客、流氓地痞……由这些人织成一张元代社会的大黑网，正在捕掠着一个个弱小无辜的生命。像权倾朝野、"嫌官小不为，嫌马瘦不骑，动不动挑人眼、剔人骨、剥人皮"的鲁斋郎（《鲁斋郎》），"我是个权豪势要之家，打死人不偿命""只当房檐上揭片瓦相似"的恶霸葛彪（《蝴蝶梦》），草菅人命的贪官桃杌和心狠手毒的张驴儿（《窦娥冤》），"花花太岁为第一，浪子丧门世无对"、倚仗势剑金牌为非作歹的杨衙内（《望江亭》），玩弄女性的官僚子弟周舍（《救风尘》），逼女为娼的老虔婆李氏（《金线池》）……这些骑在人民

089

头上为所欲为的坏人奸人，正是元代社会各种黑暗势力的代表人物。关汉卿揭露这些人本性的恶毒和本质的虚弱，在文学史上也是空前的，表现了一个人民戏剧家鲜明的爱憎。

关汉卿还写了不少著名的历史剧。像《单刀会》《单鞭夺槊》《哭存孝》《西蜀梦》等，这类戏以赞颂英雄业绩为主，展开正义和非正义的冲突。在这些历史剧中，关汉卿赞美正义的事业，歌颂英雄的业绩，表现了一个正直戏剧家的爱憎

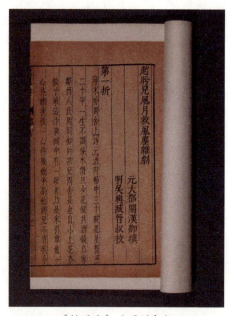

《救风尘》（明刻本）

感情，这和他在其他剧作里所体现的精神是一致的。

剧作的艺术成就　关剧是中国古典戏曲艺术的一个高峰。关汉卿娴熟地运用元代杂剧的形式，在塑造人物形象、处理戏剧冲突、运用戏曲语言诸方面均有杰出的成就。

关剧把塑造正面主人公放在首要地位。在中国文学史上，尚没有一个戏曲家像关汉卿那样塑造出如此众多而又鲜明的艺术形象。如同是妓女，赵盼儿、宋引章、杜蕊娘、谢天香等各具不同的个性。同在鲁斋郎的压迫下，都有着妻子被掠占的不幸遭遇，但中级官吏张珪和工匠李四对事件的态度截然不同。在《窦娥冤》《望江亭》《拜月亭》《西蜀梦》《诈妮子》等剧里，出色的心理描写打开了作品人物内心世界的窗扉，成为塑造主要人物形象不可缺少的艺术手段。

在处理戏剧冲突方面，关汉卿善于提炼激动人心的戏剧情节。这里有善良无辜的寡妇被屈斩而天地变色的奇迹（《窦娥冤》），有单枪

匹马慑服敌人的英雄业绩（《单刀会》《单鞭夺槊》），有惧畏权豪而忍痛献妻的丈夫（《鲁斋郎》），有舍命亲子而保存前妻儿子的母亲（《蝴蝶梦》），有为所爱之人抛弃而被迫替其说亲的婢女（《诈妮子》）。这些情节看来既富有传奇色彩，又都植根于深厚的现实土壤里。

关剧紧凑集中，不枝不蔓，省略次要情节以突出主要事件。《窦娥冤》在这方面最为杰出，它除用楔子作序幕交代窦娥身世外，接下来的 4 折戏都帷幕启处即见冲突，至于窦娥的结婚、丈夫的病死等事件均一句带过，甚至连窦娥丈夫的名字作者都吝于交代。

关剧善于处理戏剧冲突还表现在它的过场戏简洁，戏剧场面随步换形，富于变化。这在《望江亭》《拜月亭》《单鞭夺槊》《哭存孝》诸剧尤为突出，如《哭存孝》剧中，刘夫人到李克用处为李存孝说情，眼看李存孝就要得救了，突然刘夫人出去看打围落马的亲子，李存信乘机进谗，存孝随即被车裂。

这样处理戏剧场面，摇曳多姿，变化莫测，出观众意想之外，又在人物情理之中，效果十分强烈。

关汉卿是一位杰出的语言艺术大师。他汲取大量民间生动的语言，熔铸精美的古典诗词，创造出一种生动流畅、本色当行的语言风格。他是元曲中本色派的杰出代表，真正做到了"人习其方言，事肖其本色。境无旁溢，语无外假"（臧晋叔《元曲选·序》）。关剧的本色语言风格首先表现在人物语言的性格化上，曲白酷肖人物声口，符合人物身份。如窦娥的朴素无华，赵盼儿的利落老辣，宋引章的天真淳朴，谢天香的温柔软弱，杜蕊娘的泼辣干练，皆惟妙惟肖，宛如口出。同是反面人物，葛彪的语言粗鲁强横，不脱恶霸凶徒的本色；周舍的语言干练利索，很符合他"酒肉场中三十载，花星整照二十年"的老狎客身份；杨衙内口白粗鄙，有时却附庸风雅，装模作样；张驴儿语言流里流气，切合他流氓无赖的性格；鲁斋郎权势显

赫，是一个吃人不吐骨头的大贵族官僚，他讲话时彬彬有礼，并不挟粗棍子吓人，有时甚至还带着几分幽默，这些表面上不温不火的说白，令他炙手可热的威势发出一股咄咄逼人的寒光，更见其性格的蛮横冷酷。语言切合人物的身份性格，这是关剧艺术描写上的一大特色。关剧本色的语言风格还表现在作者不务新巧，不事雕琢藻绘，创造了一种富有特色的通俗、流畅、生动的语言风格。

关汉卿是一位熟悉舞台艺术的戏曲家，他的戏曲语言既本色又当行，具有"入耳消融"的特点，没有艰深晦涩的毛病，不像明清时期有些文人剧作那样搬弄典故、卖弄才学。关剧在词曲念白的安排上也恰到好处，曲白相生，自然熨帖，不愧是当时戏曲家中一位"总编修师首"的人物。

散曲创作 关汉卿又是一位散曲作家，在元代散曲史上占有重要地位。

今存关汉卿散曲，计套曲 14、小令 35（一说 57）首。内容主要包括 3 个方面：描绘都市繁华与艺人生活，羁旅行役与离愁别绪，以及自抒抱负的述志遣兴。

关汉卿的〔南吕一枝花〕《杭州景》与〔南吕一枝花〕《赠朱帘秀》二散套，比较真实地反映了宋元时期杭州的景象。这些作品，通俗生动，率真本色，与北宋柳永著名的〔望海潮〕词可谓异曲同工。

关汉卿描绘男女离愁别绪的散曲，写得十分动人。感情丰富而深沉，没有矫揉造作的虚假成分，一扫萎靡纤弱的曲风，所谓"以健笔写柔情"，是这部分作品的特色。如〔双调沉醉东风〕（咫尺的天南地北）小令和〔黄钟侍香金童〕套数。这部分作品，和封建文人写爱情的作品大异其趣，比较真实地反映了当时平民的爱情理想。

关汉卿散曲中最值得注意的，是他自写身世、抒发胸中抱负的作品，如〔南吕一枝花〕《不伏老》套数写得诙谐老辣，笔力横肆，充满自负、自嘲、自乐的情趣，不但是研究关汉卿生平思想的重要依据，也是元代散曲中不可多得的名篇。这些作品，描写了一个勾栏艺术家的生活境遇，抒发了一个平民戏剧家的伟大抱负。这些堂堂正正的思想与抱负，是用极俏皮诙谐、佯狂玩世的文字来表现的，神韵独具，妙趣横生，活脱脱显现了一个多才多艺的戏剧家的韧性战斗精神。

在文学史上的地位和影响　关汉卿是中国文学史和戏剧史上一位知名作家，他一生创作了许多杂剧和散曲，成就卓越。他的剧作为元杂剧的繁荣与发展打下了坚实基础，是元代杂剧的奠基人。他在生时就是戏曲界的领袖人物，《录鬼簿》中贾仲明吊词说他是"驱梨园领袖，总编修师首，捻杂剧班头"，"姓名香四大神物"。从元代周德清的《中原音韵》、明代何良俊的《四友斋丛说》到近代王国维的《宋元戏曲史》，都把他列为"元曲四大家"之首。著名的杂剧作家高文秀被称为"小汉卿"，杭州名作家沈和甫被称为"蛮子汉卿"，可见关汉卿在当时就已享有崇高的地位。

关汉卿的作品是一个丰富多彩的艺术宝库，早在 100 多年前，他的《窦娥冤》等作品已被翻译介绍到欧洲。中华人民共和国建立后，对关汉卿的研究工作受到高度重视，出版了他的戏曲全集。1958 年，关汉卿被世界和平理事会提名为"世界文化名人"，北京隆重举行了关汉卿戏剧活动 700 年纪念大会。他的作品已成为中国人民和世界人民共同的精神财富。

马致远

中国元代戏曲作家。号东篱，一说字千里。大都（今北京）人。曾任江浙行省务官（一作江浙省务提举）。又曾加入"书会"，并与书会才人合编过杂剧。从他自己的散曲作品中可以了解到，他在年轻时曾热衷于进取功名，然而仕途并不显达，因此动了"终焉计"。晚年退隐山林，以诗酒自娱。著有杂剧15种，今存《破幽梦孤雁汉宫秋》《江州司马青衫泪》《西华山陈抟高卧》《吕洞宾三醉岳阳楼》《马丹阳三度任风子》《半夜雷轰荐福碑》6种，以及同李时中、红字李二、花李郎合写的《邯郸道省悟黄粱梦》1种（马著第一折）。明代吕天成、清代张大复说马致远作过南戏《苏武持节北海牧羊记》等。马致远还作有散曲，现存120多首。

马致远是享有盛名的戏曲家。元代周德清以关汉卿、郑光祖、白朴、马致远并列；明朱权《太和正音谱》对他更为推崇，说"宜列群英之上"。他的杂剧以《汉宫秋》最有影响。此外，他的《荐福碑》写儒生张镐在仕进途中的不幸遭遇，谴责官场黑暗，堵塞贤路，但作品有严重的宿命论观点。《陈抟高卧》写陈抟绝意仕进，归隐山林，流露对浊世的愤懑和个人怀才

《汉宫秋》插图（明万历顾曲斋刻本）

不遇的感情。《青衫泪》据白居易的《琵琶行》敷演而成，落入元杂剧爱情故事的老套，没有很大特色。《三醉岳阳楼》和《三度任风子》等属"神仙道化"剧，宣扬消极避世的思想，向往的是远离尘世的神仙世界，然而作品中对现实的揭露也有一定价值。"神仙道化"剧的产生有复杂的历史原因，与元代一部分失意士人对现实悲观失望而放情于山林的思想倾向有密切关系；同时，也受当时在北方流行的道教新派——全真教的直接影响。马致远的"神仙道化"剧在元明杂剧中有不小的影响。

马致远在散曲上的成就，为元代之冠。明代贾仲明称他为"曲状元"。作品内容主要有叹世、咏景、恋情3类。在"叹世"之作中，他的世界观的矛盾表现得很明显，尤其是他的套曲〔双调夜行船〕《秋思》，表现了对人世间一切功名利禄的否定和对人生若梦的感叹。他的小令〔天净沙〕"枯藤老树昏鸦"是咏景名篇，以凝练的笔法，赋予秋天的景色以萧瑟苍凉的情调，构成诗意的图景，烘托出天涯游子的凄凉心情（元代盛如梓《庶斋老学丛谈》记这支小令为无名氏作）。此外，如〔双调寿阳曲〕《远浦归帆》、〔双调寿阳曲〕《山市晴岚》等曲，在描绘景物、点染气氛上也都有独到之处。他的恋情之作的特点在于较清新动人而少脂粉俗气。

马致远的散曲，声调和谐优美，语言清新豪爽，并且善于捕捉形象以熔铸诗的境界。他吸取了诗、词以及民间歌曲的养分，开辟了与诗、词不同的曲的真率醇厚的意境，提高了曲的格调。

今人任讷将他的散曲辑录为《东篱乐府》。

郑光祖

中国元代戏曲作家。字德辉，平阳襄陵（今山西襄汾县襄陵镇）人。约1294年前后在世。曾任杭州路吏，《录鬼簿》成书（1330）之前即已在杭州病故，火葬于西湖灵芝寺。郑光祖为人方直重情谊，不妄与人交。所作杂剧在当时"名闻天下，声振闺阁"，演员们称他为"郑老先生"（《录鬼簿》）。

著有杂剧18种，今存8种：《伊尹耕莘》《三战吕布》《无盐破环》《王粲登楼》《周公摄政》《老君堂》《翰林风月》《倩女离魂》。其中《伊尹耕莘》《无盐破环》《老君堂》是否确为郑作，尚有疑问。另有《月夜闻筝》存残曲。《哭孺子》《秦楼月》《指鹿道马》《紫云娘》《采莲舟》《细柳营》《哭晏婴》《后庭花》《梨园乐府》9种仅存目。

《倩女离魂》全名《迷青琐倩女离魂》，取材于唐人小说陈玄祐《离魂记》。王文举与张倩女经父母指腹为婚，倩女母因文举功名未就，不许完婚。后文举赴京应试，倩女魂魄相随，结伴至京。文举得官，二人同返故里。倩女灵魂与久卧床榻的倩女的病体合二而一，遂与文举成亲。剧本塑造了一个敢于违背封建礼教规范，追求幸福生活的女性形象。全剧抒情气氛浓厚，心理刻画也较细致。这一作品中的"离魂"情节，虽有唐代小说《离魂记》有关描写作依傍，但对倩女灵魂追赶情人并与之结合的具体描写较小说更为动人，对明人汤显祖的传奇《牡丹亭》的创作也有一定影响。

《翰林风月》全名《㑇梅香骗翰林风月》，写婢女樊素为小姐小蛮、书生白敏中代传书柬，从中撮合而成婚事。故事情节有意模仿《西厢记》。不论从思想内容或艺术手法来看，它的成就比《西厢记》差得多，但也有不少曲词写得意趣盎然，情意独至。不过剧中女主角樊素作为一个婢女，动辄引经据典，作者可能意在写出她是小姐的"伴读"身份，但有些曲文与科白终嫌过于文雅，反而不合人物身份。

《王粲登楼》全名《醉思乡王粲登楼》，据东汉末王粲在荆州依刘表、意不自得而作《登楼赋》事，并加以虚构敷演而成。第三折写王粲落魄荆州时登楼赋诗，抒发了游子飘零、怀才不遇的心情，唱词意象悲壮高远、情感真挚，在封建社会引起过不少失意文士的共鸣，因而受到推崇。此剧结构较散漫。

郑光祖的散曲今存小令6首、套曲2首，讲究辞藻、音律，风格典丽。

郑光祖是元曲四大家之一，声誉很高。周德清《中原音韵》中举"六字三韵"例和"定格"范例时都引用过他的曲文。明人何良俊甚至推他为元曲四大家之首。王国维则说他"清丽芊绵，自成馨逸"，与关、马、白"均不失为第一流"（《宋元戏曲史》）。他们都是从郑光祖作品的语言角度来评论的，难免有失偏之处。其实以郑光祖作品的思想内容和生活气息而言，同关汉卿、王实甫作品相比，都较逊色。艺术上也有过于雕琢的弊病。

王实甫

中国元代杂剧作家。名德信，字实甫。大都（今北京）人。生卒年不详，约1234年前后在世。

生平和创作　王实甫生平事迹资料缺乏。钟嗣成《录鬼簿》将他列入"前辈已死名公才人"；周德清《中原音韵》在称赞关汉卿、郑光祖和白朴、马致远"一新制作"的同时，也称赞了《西厢记》的曲文，并说"诸公已矣，后学莫及"。由此可以推知，王实甫活动的年代可能与关汉卿等相去不远。他的主要创作活动当在元成宗元贞、大德

年间。

《北宫词纪》所收署名王实甫的散曲〔商调·集贤宾〕《退隐》中写道："想着那红尘黄阁昔年羞，到如今白发青衫此地游"，"人事远，老怀幽，志难酬，知机的王粲；梦无凭，见景的庄周"，"怕狼虎恶图谋，遇事休开口，逢人只点头，见香饵莫吞钩，高抄起经纶大手"。可知王实甫早年曾经为官，宦途不无坎坷，晚年退隐。曲中又有"且喜的身登中寿"，"百年期六分甘到手"，可以推断他至少活到60岁。这首散曲又见于《雍熙乐府》，未署名。因此，学术界对它的作者是谁有不同的看法。

王实甫所作杂剧，名目可考者共13种。今存有《崔莺莺待月西厢记》《吕蒙正风雪破窑记》和《四大王歌舞丽春堂》三种。《韩采云丝竹芙蓉亭》和《苏小卿月夜贩茶船》都有佚曲。其余仅存名目而见于《录鬼簿》著录者有《东海郡于公高门》《孝父母明达卖子》《曹子建七步成章》《才子佳人多月亭》

《赵光普进梅谏》《诗酒丽春园》《陆绩怀橘》《双蕖怨》《娇红记》9种。对王实甫曲目，学术界有不同看法，或认为《娇红记》非出王手，或认为《诗酒丽春园》也非王作，还有人认为今存《破窑记》是关汉卿的作品，但都非定论。

王实甫还有少量散曲流传：有小令1首、套曲三种（其中有一残套），散见于《中原音韵》《雍熙乐府》《北宫词纪》和《九宫大成南北词宫谱》等书中。其中，小令〔中吕·十二月过尧民歌〕《别情》较有特色，词采旖旎，情思委婉，与《西厢记》的曲词风格相近。

《西厢记》 5本21折的《西厢记》不仅是王实甫的代表作，而且是元代杂剧创作中最优秀的作品之一。

故事流变 《西厢记》故事直接来源于唐代元稹的传奇小说《莺莺传》（又名《会真记》）。此外，流传的西洛书生张浩与东邻女李莺莺踰墙相会、终成眷属的故事，以及蒲妓崔徽为裴敬中憔悴而死的传说，在题材和人物、情节上对《西厢记》都有某种影响。

《莺莺传》写唐代贞元中书生张生与少女崔莺莺从恋爱、结合到离异的悲剧故事。作者元稹可能受到张鷟《游仙窟》的影响。所谓"游仙"，本意写嫖妓宿娼；所谓"会真"，实质是写偷情艳遇。所以作者抱着欣赏文人风流韵事的态度，对张生始乱终弃的行为加以肯定。但崔莺莺的悲剧形象和悲剧命运赢得了人们的同情，一些文人诗作中不时提到"莺莺"和"待月西厢"事。

到了宋代，崔、张故事十分流行。秦观、毛滂的《调笑令》以一诗一词咏唱这个爱情故事，使它成为歌舞曲词。赵令畤创作了可说可唱、韵散相间的《商调蝶恋花词》。小说有《张公子遇崔莺莺》，见于南宋皇都风月主人的《绿窗新话》。此外，罗烨的《醉翁谈录》"小说开辟"中记有小说《莺莺传》。赵令畤的鼓子词和《绿窗新话》中的《张公子遇崔莺莺》与元稹的原作不同，它们都删去了传奇小说文中张生诋莺莺为"尤物""妖孽"的部分，赞赏莺莺的真情，同情她的命运，并对张生的行为颇有微词。

金代章宗时董解元将这个故事改编为长篇巨制《西厢记诸宫调》（又称《西厢搊弹词》或《弦索西厢》）。它在主题思想和人物塑造上都与《莺莺传》有根本的差异。《西厢记诸宫调》摒弃了《莺莺传》的悲剧结局，以张生和莺莺双双私奔团圆作为结尾。《莺莺传》中矛盾的双方是张生和莺莺，导致莺莺悲剧命运的因素是张生的薄幸。而《西厢记诸宫调》中的基本矛盾是争取婚姻自主的崔、张和以崔母为代表的封建势力，这就使作品具有明显的反抗封建礼教的思想。与此相联系，《西厢记诸宫调》中主要人物的性格有了很大的变化，从《莺莺传》到《西厢记诸宫调》，崔母从一个性格软弱的老婆婆，成为封建势力的维护者，崔、张婚姻的直接障碍。张生从一个思想感情上存在矛盾的负心汉，变成一个用情专一、敢于反抗封建礼教的多情种。而莺莺的形象则显现出鲜明的反抗性。《西厢记诸宫调》还创造了两个身世卑微的小人物——红娘和法聪，并赋予他们勇敢、机智的性格和济危解难的侠义肝胆。

虽然《西厢记诸宫调》在人物性格的塑造上还存在一些缺点，但从《莺莺传》到《西厢记诸宫调》完成了质的变化，从而为杂剧《西厢记》的创作奠定了反对封建礼教的主题。

思想内容和人物性格 《西厢记》和《西厢记诸宫调》相比，在思想内容上更趋深刻，它正面提出了"愿普天下有情的都成了眷属"的主张，具有更鲜明的反对封建礼教和封建婚姻制度的主题。首先，《西厢记》歌颂了以爱情为基础的结合，否定了封建社会传统的联姻方式。作为相国小姐的莺莺和书剑飘零的书生相爱本身，在很大程度上就是对以门第、财产和权势为条件的择婚标准的违忤。莺莺和张生始终追求真挚的感情。他们最初是彼此对才貌的倾心，经过联吟、寺警、听琴、赖婚、逼试等一系列事件，他们的感情内容也随之更加丰富，这里占主导的正是一种真挚的心灵上相契合的感情。其次，莺莺和张生实际上已把爱情置于功名利禄之上。张生为莺莺而"滞留蒲东"，不去赴考；为了爱情，他还几次险些丢了性命，直到被迫进京应试，得中之后，他也还是"梦魂儿不离了蒲东路"。莺莺在长亭送别时嘱咐张生"此一行得官不得官，疾便回来"，她并不看重功名，认为"但得一个并头莲，煞强如状

《西厢记》（明刻本）

元及第”；即使张生高中的消息传来，她也不以为喜而反添症候。《西厢记》虽然也是以功成名就和有情人终成眷属作为团圆结尾，但全剧贯穿了重爱情、轻功名的思想，显示出王实甫思想的进步性。

与上述思想内容相联系的是《西厢记》中主要人物的性格都具有鲜明的特征。张生的志诚、忠厚和他对莺莺的一往情深，构成了他的主要性格特点。同时，作者又写了他的呆气和脆弱。他对老夫人的机诈权变几乎毫无准备，拙于应付；他对莺莺在爱情上表现的矜持、犹豫常常产生误解，引出矛盾。所有这些，在“赖婚”“赖简”等喜剧场面中都有充分的表现。正由于他的脆弱和忠厚相连，呆气又与钟情并存，所以，他的这些“缺点”反而有助于突出他的志诚、憨厚的性格特点，他和他的感情也易于赢得观众的同情和好感。

莺莺的性格深沉而内向，她的一往情深与张生有着不同的表现形式。从佛殿相遇到月下联吟，她已经爱上了张生，但她的生活环境和她的许多思想负担，使她不愿轻易泄露内心的秘密。崔母赖婚以后，她开始勇敢起来，但又有“赖简”的曲折，直到“佳期”以后，她才不再掩抑已经被唤起的爱情。这一切都使她在争取婚姻自主的斗争中，表现出虽是一往情深，却又欲前又却步的曲折的内心情绪。

红娘身份卑微，在崔、张婚姻事件中所起的作用却至关重要。她支持崔、张恋爱婚姻，反对封建家长干预。她伶俐机敏的性格决定了她的行动方式：对志诚、憨厚的张生是坦率的，热心地为他出谋划策；对心细如发的小姐十分小心，仔细揣摩她的心理，要做“撮合山”，又要不露痕迹；对老夫人，她敢于抗争，有勇有谋，在“拷红”一场中，她的思想性格得到了最充分有力的表现。

老夫人竭力维护门阀利益和封建礼教，在她身上，更多地体现了封建统治阶级冷酷无情、专横跋扈、背信弃义的特征。比起《莺莺

传》和《西厢记诸宫调》来，《西厢记》中的老夫人是个成功的封建家长的典型形象。

火头僧人惠明的豪爽和叛逆性格也是别具特色的。他不理会佛门的斋戒、杀戒，鄙视佛门中的庸僧。在孙飞虎兵围寺院、要抢走莺莺时，他一人挺身而出，冲出重围，前去搬兵，实际上也就帮助成全了崔张婚姻。这个豪侠勇武的僧人形象，丰富了《西厢记》所描写的人物群像。

《西厢记》的思想内容所达到的高度和人物形象所取得的成就，在戏曲中都是前所未有的。

《西厢记》的艺术特色 《西厢记》情节曲折，波澜迭起，悬念丛生，引人入胜。全剧接连不断的起伏跌宕，常给人山重水复、柳暗花明之感。《西厢记》的戏剧冲突有两条线索：①以老夫人为一方，莺莺、张生、红娘为另一方的矛盾。这是维护封建礼教和封建婚姻制度的势力与反对封建礼教，反对门阀观念，追求爱情和婚姻自由的叛逆者之间的矛盾，这个矛盾的双方是对立的。②莺莺、红娘、张生之间的矛盾。这一矛盾主要是由于他们之间存在的不同个性和一些猜疑、误会造成的。这两组矛盾交叉发展、互相影响，使《西厢记》具有强烈的戏剧效果。

《西厢记》的作者不仅善于正面刻画人物，而且长于侧面描写，使人物性格呈现出丰富的色彩和立

《西厢记》插图（明万历金陵乔山堂刻本）

体浑成的效果。

《西厢记》的心理描写，不仅在曲词中，而且在人物的对话、动作中，也往往有着丰富的潜台词，间接地表现人物的内心活动。例如第3本第2折"闹简"一场中红娘和莺莺的对话。

《西厢记》的曲词华美，并有诗的意境。作者常常结合剧情，在景物描绘中，构成抒情意味极浓的意境。特别是第4本第3折《长亭送别》中莺莺的唱词："碧云天，黄花地，西风紧，北雁南飞。晓来谁染霜林醉，总是离人泪。"用人们在秋天常见的景物，构成萧瑟而凄冷的氛围，与主人公的离愁别绪相互融合，创造了浓郁的抒情气氛，历来被称道为"神来之笔"。

《西厢记》的影响及其版本

《西厢记》问世以后，广泛流传。元末无名氏的《冯玉兰》杂剧的曲文中，已把王实甫创造的武艺高强的"惠明僧"作为典故来举。到了明代，《西厢记》几乎已经家喻户晓。明代的著名戏曲家和评论家如徐渭、李贽和汤显祖等都对它作了很高的评价。李贽认为《西厢记》和秦汉文、六朝诗、唐代近体诗等都属"古今至文"，并在艺术上赞誉它是"化工"之作。这是划时代的杰出见解。明代的著名画家仇英和唐寅等都曾为《西厢记》绘制插图或仕女画。李日华和陆采等改编《西厢记》，使之适合弋阳腔、昆山腔和海盐腔演唱，世称南西厢。这些改编本虽然逊色于原著，但在西厢故事的流传上仍有它们的功绩。

《西厢记》现存明、清刊本不下100种。明刊本《西厢记》至今尚存近40种。这些刊本大部分都有评点、注释或考证，还有不少本子附有精美的插图。明刊本中流传较广的是王骥德《新校注古本西厢记》、凌濛初校《即空观鉴定西厢记》和毛晋校《西厢记定本》。清刊《西厢记》现存也有40余种，主要是金圣叹批改本《第六才子书》的各种版本。

中华人民共和国建立后，出版有王季思校注的《西厢记》（1954）

103

和吴晓铃校注的《西厢记》(1954)。

《破窑记》《丽春堂》及其他

王实甫现存杂剧还有《吕蒙正风雪破窑记》和《四大王歌舞丽春堂》两种。《破窑记》写刘员外的女儿刘月娥抛球招赘,打中了穷书生吕蒙正,刘员外嫌贫爱富,企图毁婚,刘月娥执意不从,于是夫妻被赶往寒窑度日。后来,刘员外又设计激发吕蒙正进京应试,刘月娥待时守分,苦等10年,终于盼到吕蒙正衣锦荣归。这是个"变泰发迹"型的故事。剧中所写的刘月娥不计门第贫贱,不重功名利禄,看重家庭的团聚和夫妻之间感情契合的思想性格,与《西厢记》中进步的婚姻观念是相一致的。《破窑记》语言以本色为主,前人称赞为"白描俊语",用来刻画主人公刘月娥朴实无华的温厚性格,显得协调一致,表现了王实甫驾驭多种风格语言的能力。

《丽春堂》写金代武将右丞相乐善与右副统军使李圭因赌双陆引出争端,被贬济南府,过着闲散而寂寞的日子。后来因为"草寇"作乱,乐善又被宣取回朝,官复原职,李圭也来负荆请罪,二人释却前怨。其中第三折所表现的乐善对升沉无定的感叹,以及由此而引起的悲哀,颇为真实而有感染力。

另有《韩采云丝竹芙蓉亭》《苏小卿月夜贩茶船》,属丽情故事。今各有一套曲存于《盛世新声》《词林摘艳》《雍熙乐府》。

罗贯中

中国元末明初小说家、戏曲家。生卒年不详。据考订，一般认为他名本，字贯中，号湖海散人。祖籍太原。生于杭州。大致生活在从元文宗到明太祖这一时期。

《西湖游览志馀》称罗贯中"编撰小说数十种"，又相传他有《十七史演义》的巨著。今存署名由他编著的小说有《三国志演义》（全称《三国志通俗演义》）、《隋唐两朝志传》、《残唐五代史演传》、《三遂平妖传》。《七修类稿》《西湖游览志馀》《续文献通考》《书影》及清钱曾《也是园书目》卷十"通俗小说"等，都说罗贯中编著《水浒传》，明清多种《水浒传》刊本亦署罗贯中"编辑"或"纂修"。《百川书志》卷六"史部·野史"著录《忠义水浒传》100卷，则题"钱

塘施耐庵的本，罗贯中编次"，天都外臣序本与袁无涯刊本《水浒传》均并署施耐庵与罗贯中之名，所以明胡应麟《少室山房笔丛》卷四十一有罗贯中是施耐庵"门人"之说。但胡应麟批评《七修类稿》说《三国》《宋江》二书，乃杭人罗本贯中所编是"大谬"，以为"二书深浅工拙，若霄壤之悬，讵有出一手理"。除了清初金圣叹伪称发现了70回《水浒传》的"施耐庵的本"，而谓罗贯中续为120回之外，一般多以《水浒传》为施耐庵作。

最足以代表罗贯中创作成就的作品是《三国志演义》。它以宏大的结构描写了三国时期尖锐复杂的政治军事斗争，塑造了曹操、诸葛亮、关羽等众多的人物形象，揭露了封建统治者的残暴行径，寄托了人民渴求政治清明、社会安定的愿望，表现了群众所理想的重义守信、平等互助的人与人的关系。它善于运用传神笔法去刻画人物的思想性格，尤其擅长于描写战争。它

的影响极其巨大深远，长期以来起着历史教科书、军事教科书、生活教科书的作用。今见最早的《三国志演义》本子是明嘉靖本，最为流行的本子是清初毛纶、毛宗岗父子的修订本。

除小说创作外，罗贯中有着多方面的艺术才能。《录鬼簿续编》说他"乐府隐语，极为清新"，著录他创作的杂剧3种：《赵太祖龙虎风云会》《忠正孝子连环谏》《三平章死哭蚩虎子》。其中仅《赵太祖龙虎风云会》流传了下来。

吴承恩

中国明代小说家。字汝忠，号射阳山人。先世江苏涟水人。生于淮安山阳（今江苏淮安市楚州区），卒于山阳。出身于一个世代书香而败落为小商人的家庭。吴承恩自幼敏慧，又好学习，博览群书。他好奇闻，阅读过大量的野言稗史，受到民间文学的积极影响；又喜读"善模写物情"的唐人传奇，从中吸取营养。吴承恩早年曾希望以科举进身，然而屡试不中，中年以后才补为岁贡生。迫于家贫母老，他很不情愿地当了长兴县丞。不久，因"耻折腰"遂拂袖而归（天启《淮安府志》），后来又一度担任过品级与县丞相近而为闲职的荆府纪善。晚年归居乡里，放浪诗酒，以卖文经商为生，贫老以终。

吴承恩平生与沈坤、朱日藩、李春芳为莫逆之交。三人都通过科举考试而飞黄腾达。官至首辅的李春芳，曾在仕进上积极鼓励和帮助吴承恩。吴承恩还曾与吴中名士、先辈书法家兼诗人的文徵明和王宠交往，诗酒唱和，他们疏狂自傲，不合时流的精神风貌彼此相通。在长兴当官时，与后七子之一的徐中行有较密切的交往。晚年乡居，与陈耀文、陈文烛和邵元哲等结为翰墨交。

吴承恩酷爱唐人传奇，曾仿唐人牛僧孺《玄怪录》和段成式《酉阳杂俎》而创作传奇小说集《禹鼎志》。此书体制不大，仅"十数事"。原书已佚，今仅存《自序》一篇（收入《射阳先生存稿》卷二）。《花草新编》是吴承恩编选的一部词集，合唐《花间集》及宋《草堂诗馀》二集为名。所选上自唐代开元，下迄元代至正，由作者生前手定并作序，辞世后由丘度刊刻行世。刊本已佚，今存残抄本4册约4卷，藏上海图书馆。在中国文学史上产生巨大影响的是他的长篇小说《西游记》。《西游记》100回，是吴承恩对传统题材加以改造，注入他对现实生活的感受认识，再创作而成的一部具有现实意义的神话小说。《西游记》创作的时期不可确考，一般认为是他晚年所作。

吴承恩一生诗、文、词创作数量不少，因无子嗣，去世后大部分亡佚。后由"亲犹表孙，义近高弟"的丘度，从亲友中遍索遗稿，编订成《射阳先生存稿》4卷，包括诗1卷，散文3卷，卷四末附小词38首。1930年曾据原刻本铅排出版，后原刻本被运往中国台湾。1959年中华书局上海编辑所据1930年铅印本重加辑校，并易名为《吴承恩诗文集》重新出版。

徐 渭

中国明代剧作家、文学家、画家、书法家。字文长，一字文青，号天池，晚号青藤，别署田水月。山阴（今浙江绍兴）人。幼年丧父。20岁考取秀才，以后乡试屡试不中。37岁入总督胡宗宪幕府。嘉靖四十四年（1565）胡宗宪以严党被弹劾入狱，自杀。徐渭怕受牵连自杀未遂，失手杀妻，入狱7年，后穷困以终。

徐渭才能兴趣极广，诗文、书

画、音乐、戏曲，无不擅长。他的诗歌创作以七古、七律为优。如《观猎篇》《正宾以日本刀见赠歌以答之》《杨妃春睡图》等七古，兼有李白的飘逸和李贺的险怪风格，读来富有气势。他的七律长于炼句，用词精警，诸如《清凉寺云是梁武台城》《寓穿山感事》和《孙忠烈公挽章》等都是较好的篇章。徐渭的散文写得潇洒自如，颇受苏轼的影响。至于杂剧，更备受推崇，代表作为《四声猿》。《四声猿》是4部杂剧的总称，包括《狂鼓史渔阳三弄》《玉禅师翠乡一梦》《雌木兰替父从军》《女状元辞凰得凤》。他的杂剧具有浓郁的时代气息，体现了明代中叶资本主义经济萌芽阶

段反抗封建压迫与礼教束缚的民主主义精神，同时开创了以南曲作杂剧的新写法。《四声猿》在语言上具有清新活泼、流畅优美的特点，曲词宾白感情饱满，机趣横生。

徐渭在戏曲史上的另一项重要贡献，是撰著了《南词叙录》。此书是宋、元、明、清4代专论南戏的唯一著作，内容涉及南戏起源与发展史，南戏的风格特色、声律，以及对作家作品的评论；对于戏曲中常用的术语、方言与角色，也做了简要的考释。篇末附录宋元南戏剧目65种，明代南戏、传奇目录48种，共113种。不仅保存了有关南戏历史的重要资料，同时也对研究宋元话本及南戏与元杂剧间的关系，提供了有价值的线索。

徐渭书法颇有特色，擅长行书。出自米芾而更为放纵，人称书中"散圣"。中年始学画，山水花鸟、人物走兽无不精妙。尤其是水墨写意花卉，完成了写意花鸟画的重大变革，推动了大写意画派的发展和盛行。清代的朱耷、石涛、郑

徐渭草书七律诗轴

燮、李方膺、高凤翰，以至近现代的吴昌硕、齐白石等都继承和发扬了他的传统。徐渭作画的体裁往往突破对象本身的局限，而强调主观的感受，发展了文人画以感情驾驭笔墨、以笔墨抒发感情的传统。徐渭的存世代表作有《墨葡萄图》（故宫博物院藏）、《牡丹蕉石图》（上海博物馆藏）、《石榴图》（中国台北"故宫博物院"藏）。著作除《四声猿》及《南词叙录》外，有《徐文长集》30卷、《逸稿》24卷。

汤显祖

中国明代诗人、戏曲作家。字义仍，号若士。江西临川人。存诗2200余首及文赋。作品《红泉逸草》《问棘邮草》《玉茗堂全集》，以及《紫箫记》和《玉茗堂四梦》，都有明清刻本传世。有今人徐朔方

校注《汤显祖全集》。

生平和创作　汤显祖诞生于嘉靖二十九年八月十四日。书香人家出身，14岁进学，21岁中举。少年时期的汤显祖，曾受学于泰州学派创立者王艮的三传弟子罗汝芳。罗汝芳身受统治者的迫害而不屈服，始终和当时占统治地位的程朱理学异趣，对汤显祖的思想有深刻的影响。万历三年（1575），汤显祖刊印第一部诗集《红泉逸草》。次年，在南京国子监游学，刊印第二部诗集《雍藻》（已佚）。作于万历五年至七年（1577—1579）的诗

143首和赋3篇编为《问棘邮草》，曾受到徐渭热情称赞。从隆庆五年（1571）起，汤显祖接连4次往北京应进士试。因谢绝首相张居正的延揽而落选。万历五年（1577）考试失利后，他试作传奇《紫箫记》34出，全剧未完。

万历十一年（1583），即张居正去世的第二年，汤显祖中进士。次年秋，任南京太常寺博士。两年后，改任詹事府主簿。后升南京礼部祠祭司主事。早期东林党的重要人物和同情者如顾宪成、高攀龙、邹元标、李三才、顾允成等都是汤显祖的好友，他们在批评朝政上有共同的立场。汤显祖差不多一到南京就被卷入新旧两派朝臣的斗争中，以致他的旧作《紫箫记》也被怀疑为讥刺朝政，遭到查禁。万历十五年（1587），他把未完成的《紫箫记》改编为《紫钗记》。

万历十九年（1591），因抨击朝政，被贬为广东徐闻县典史。南下途中，取道澳门，次年春北归。往返所见的新奇印象后来被加工

为《牡丹亭》第21出《谒遇》中参观宝物的场面。万历二十一年（1593），任浙江遂昌知县。前后任职5年，实行了一些开明的措施。万历二十六年（1598），秋天，从临川东郊文昌里迁居城内沙井巷。著名的玉茗堂和清远楼就在这里，传奇《牡丹亭还魂记》也在此时完成。万历二十八年（1600），完成传奇《南柯记》，次年创作《邯郸记》。它们和《紫钗记》《牡丹亭》总名为《玉茗堂四梦》。

汤显祖曾和当时许多文人一样潜心佛学，30岁时甚至在南京清凉寺登坛讲法。著名佛学大师达观和他交谊颇深。达观反对矿税，非议程朱理学，遭统治阶级忌恨，瘐死于狱中。他的哲学思想曾给汤显祖以深刻的影响。汤显祖罢官后第二年，在临川和李贽相会。《牡丹亭》所表现的强烈的反对封建婚姻制度、追求个性自由的思想，在当时，除了李贽《藏书》卷三十七的《司马相如传》之外，还没有另一位思想家这么明确地提出过。《牡丹亭》完成于《藏书》出版的前一年。

受时代进步思潮的影响，汤显祖戏曲理论中最重要的思想有两点：一是强调情的作用及情与理的对抗："生而不可与死，死而不可复生者，皆非情之至也。""第云理之所必无，安知情之所必有邪！"（《牡丹亭·题词》）二是在内容与形式的关系上，主张"凡文以意趣神色为主"（《答吕姜山》），反对以沈璟为首的吴江派片面强调格律，甚至以律害意的倾向。

像许多古代作家一样，汤显祖的思想是复杂而矛盾的。一方面他受当时进步思潮的影响，提出"情"与"理"对立，主张个性解放；另一方面"情有善恶"这个前提又表明他与理学存在一致之处。一方面他视科举为唯一出路，为八股文和应酬文字消耗大量精力；另一方面，他又对科举、八股文、应酬文字表示厌弃。一方面他企图在宗教中寻求人生的意义；另一方面又讥笑服食丹药的迷信者，佛教的

轮回说也免不了受到他的嘲讽。晚年，汤显祖以茧翁为号。万历四十四年六月十六日在临川逝世。

传奇作品　汤显祖的传奇合称《玉茗堂四梦》，包括《紫钗记》《牡丹亭》《邯郸记》《南柯记》4 部。"因情成梦，因梦成戏"，汤显祖以这八个字，概括了他从理学出发，到创作以情为至的传奇"四梦"这一思想发展过程。

《牡丹亭·写真》插图（明万历年间安徽歙县朱元镇校刻本）

《牡丹亭》　汤显祖传奇的代表作《牡丹亭》，在中国古代戏曲史上占有重要的地位。

《邯郸记》和《南柯记》《邯郸记》据唐沈既济传奇小说《枕中记》改编，成就仅次于《牡丹亭》。剧中有声有色地描写了卢生煊赫的气势和彪炳千古的功业：做了20 年当朝宰相，位极人臣飞黄腾达。《杂庆》《极欲》两出的直接描写和《友叹》的衬托，暴露了大官僚的无耻和淫逸行径。卢生虽然到死还受到皇帝的恩宠，但在弥留时刻，一会儿惦念着身后的加官赠谥和史书记载，一会儿想着幼子的功名，几乎比任何人都要死得可悲。批评时政构成了《邯郸记》的主题思想。它对封建上流社会进行了深刻的揭露，也对明代黑暗的政治现实进行了无情的鞭挞。卢生就是一个集中反映当时大官僚丑恶生活的典型形象。据汤显祖自述，他研究了嘉靖、隆庆两朝的政治之后，曾和别人讨论了张居正以下几个辅臣的评价，把要讨论的要点写出来由他校订。这时有一个奇僧唾面告诉他：严嵩、徐阶、高拱、张居正都是陈死人了，犯不着编写他们的事迹。这番话和《邯郸记》对大官僚卢生的批判精神是一致的。《邯郸记》共30出，在南戏和传奇中算是短小精悍之作。它简练纯净，明白易懂，但又不是一味通俗；它耐人咀嚼，而不艰深晦涩，虽然时而出现汤显祖所特有的介于可解又不可解之间的别有韵味的曲句。

《南柯记》据唐李公佐的传奇小说《南柯太守传》改编。和《邯郸记》一样，借传说故事来评议现实。但《南柯记》中的淳于棼不同于《邯郸记》中的卢生，他最初在政治上有所作为，而终于在宦海浮沉中堕落。在剧中醉汉淳于棼倚靠女人关系一直升到位极人臣的左丞相；君臣畋猎龟山，文人献赋作颂。朝廷骄奢逸乐的任何琐事都被披上了庄严的外衣，这些都表现了汤显祖对现实政治的批判。《邯郸记》和《南柯记》想以佛道思想来解决卢生和淳于棼的权欲和腐化问题，给作品带来了虚幻的色彩。

《紫箫记》和《紫钗记》《紫箫记》是汤显祖早期的作品。它的男女主角来自唐蒋防的传奇小说《霍小玉传》，主要情节则采自《大宋宣和遗事》（亨集）。现存34出，不及卷首《凤凰台上忆吹箫》所预告的剧情的一半。剧中游仙、皈依佛法、妓妾换马，以及《高唐》《神女》《好色》《洛神》诸赋所唤起的某种情感，带有风流才子游戏笔墨的性质。汤显祖的同乡好友帅机评论说："此案头之书，非台上之曲也。"

《紫钗记》大体沿用《紫箫记》的情节，但骈文说白已大为缩减，平板的描述也被曲折的关目所代替。女主角霍小玉在小说中名义上是郡主，实际上是妓女，汤显祖则把她写成良家女子。乘坠钗、拾钗的机缘，霍小玉和李益得以互通情愫，不像小说那样完全出于媒人的撮合。霍小玉自小娇纵，缺乏人生经验，却痴情实意，几经失望而不改易。经《冻卖珠钗》《怨撒金钱》

的正面描写，《玉工伤感》的烘托，给人以深刻印象。小说中封建婚姻制度及其牺牲者的矛盾，一变而为剧中多情的霍小玉和卢太尉之间的对立。李益在两者之间游移不定。黄衫客只有倚仗他非同寻常的势力才使霍小玉的痴情得到成全。新科状元李益拒不参见卢太尉，被派到边境的军队里去供职，是小说所没有的，汤显祖增添这样的情节反映了他对时事的不满。曲文时有佳句，尖新俊逸，近于小词，而流利晓畅，则略嫌不足。

汤显祖的传奇创作对当时或后世都发生了重大的影响。后来的评论家往往把讲究文采的阮大铖、吴炳等看作玉茗堂派，实际上并不恰当。吴江派作家沈璟有一本《坠钗记》传奇，它的出目《闹殇》《冥勘》《拾钗》《仆侦》《舟遁》以至它们的主要情节都是在表面上模仿《牡丹亭》的。真正从思想上、艺术上继承汤显祖的是清初戏曲作家洪昇，他承认他的《长生殿》是一部"热闹《牡丹亭》"。

《玉茗堂四梦》在创作之始以海盐腔的一个分支宜黄腔为声腔，后被移植为昆曲，在昆曲舞台上保持着经久不衰的艺术魅力。清代曹雪芹的小说《红楼梦》23回回目为《西厢记妙词通戏语，牡丹亭艳曲警芳心》，可见其影响之深。《紫钗记》中的《折柳阳关》，《牡丹亭》中的《游园》《惊梦》《拾画》《叫画》，《邯郸记》中的《扫花》《三醉》《番儿》等出常在舞台上演出，成为昆曲唱腔和表演艺术的珍贵遗产。

沈 璟

中国明代戏曲家。字伯英，号宁庵。江苏吴江人。万历二年（1574）进士，历任兵部、礼部、吏部各司的主事、员外郎。万历十六年（1588）任顺天乡试同考

114

官、升光禄寺丞。这次乡试因考官舞弊受朝臣弹劾，沈璟在次年被迫告病回乡。37岁退出仕途，开始20年的戏曲创作生涯。自署词隐生，表明志趣。著有传奇17种，合称《属玉堂传奇》。《红蕖记》《埋剑记》《十孝记》《分钱记》《双鱼记》《合衫记》等是沈璟的前期创作。其中《十孝记》《分钱记》《合衫记》已经失传。《义侠记》《鸳衾记》《桃

符记》《分柑记》《四异记》《凿井记》《珠串记》《奇节记》《结发记》《坠钗记》《博笑记》11种是沈璟的后期创作。除《义侠记》《桃符记》《坠钗记》《博笑记》4种外，均已失传。

《义侠记》取材《水浒传》的武松故事。对西门庆、张都监、蒋门神等地方恶势力表现了不满。但是，武松人物形象被典雅化，冲淡了原小说武松性格中叛逆的一面。作品对戏曲语言的本色作了努力，写得较好的《打虎》《戏叔》《别兄》《挑帘》《裁衣》《捉奸》《显魂》《杀嫂》等散出，后世演唱不绝。

《坠钗记》又名《一种情》，据明初瞿佑《剪灯新话》中的《金凤钗记》改写，模拟汤显祖的名作《牡丹亭》。但何兴娘的情和杜丽娘的情不同，并未逾越礼教的规范，虽然形似，却大异其趣。

《博笑记》是沈璟的最后创作。《曲品》说它取材于王蓁湘《耳谭》（已佚）的若干故事。28出，由10个独立的喜剧组成。每剧2至4出，

《义侠记·打虎》插图〔明天启四年（1624）《万壑清音》〕

115

短小精悍。10 部短剧以《匕县丞》较好。它夸张地刻画了一个县的副长官低能无知，以得睡就睡、睡而难醒作为他的昏庸糊涂的性格特征。无独有偶，乡绅也和他一样嗜睡，以致彼此连一次拜会也未能如愿。这部短剧不以才子佳人或历史传说人物为主，而以带有时代特点的新进士、起复官、僧道、流氓、商贩、小偷为主角。戒淫警盗，惩恶扬善，实际上都是以封建思想为依归。

沈璟的剧作思想平庸，在艺术形式上却有志于革新。如《十孝记》《博笑记》都是短剧。以 2 至 4 出戏表演一个故事，采用时调〔打枣竿〕，许多出戏只用一曲重复多次。这些可能是为了有意配合讽刺、笑乐的主题，以加强诙谐、滑稽的艺术效果。《红蕖记》《埋剑记》《双鱼记》则以情节离奇、关目曲折取胜。

沈璟有散曲集《情痴癫语》《词隐新词》各 1 卷，《曲海青冰》2 卷。原书失传。在《太霞新奏》《吴骚二集》《彩笔情词》等选本及《南词新谱》《曲品》杨志鸿抄本附录中可辑得套数（包括杂宫调）42 套、散曲 16 支。

沈璟编有《南词韵选》，曲学著作有《遵制正吴编》、《论词六则》、《唱曲当知》（未见）、《南九宫十三调曲谱》，对昆腔曲牌的规范化和昆腔创作的兴盛产生过较大影响。

沈璟是吴江派的领袖，在当时的剧坛上有一定影响，吴江派事实上成为昆曲的正宗。沈璟的主张有两点：①格律重于一切。②戏曲语言崇尚本色。但他本人并未言行一致。冯梦龙在《太霞新奏》中曾多次指出他在曲律上的疏漏。沈璟致王骥德的信中说："鄙意僻好本色，殊恐不称先生意旨。"吴江派中见解也不完全一致。

冯梦龙

中国明代通俗文学家、戏曲家。字犹龙、子犹，号龙子犹、墨憨斋主人、顾曲散人、词奴等。长洲（今江苏苏州）人，出身士大夫家庭。与兄梦桂、弟梦熊，并称"吴下三冯"。冯梦龙少有才情，博学多识，为同辈所钦服。崇祯三年（1630）为贡生，任丹徒县（今镇江丹徒）训导，七年升福建寿宁知县。秩满离任，归隐乡里。晚年仍孜孜不倦，继续从事小说创作和戏曲整理研究工作。

冯梦龙在万历四十年（1612）前后曾编印过两部民间歌曲集《挂枝儿》和《山歌》，收录了盛行于吴中的民间歌曲 800 多首。这些作品多半是田夫野叟矢口寄兴所为、荐绅学士不道、诗坛不刊的"私情之谱"。但冯梦龙认为它们都是"民间性情之响""天地间自然之文"，很是喜爱。

在通俗小说方面，冯梦龙也是积极倡导者。他收藏了很多古今通俗小说，在天启年间，择其可以"嘉惠里耳者"百二十篇，分 3 次刊行。即《古今小说》（《喻世明言》）、《警世通言》和《醒世恒言》，合称"三言"。三言所收录的作品有宋元旧篇，也有明代新作和冯梦龙拟作，但已难以一一分辨清楚。无论是宋元旧篇，还是明代新作，都程度不等地经过冯梦龙增删和润饰。这些作品题材广泛，内容复杂。有对封建官僚丑恶的谴责和对正直官吏德行的赞扬，有对友谊、爱情的歌颂和对背信弃义、负心行为的斥责。值得注意的是，有不少作品描写了市井之民的生活，如《施润泽滩阙遇友》《蒋兴哥重会珍珠衫》《杜十娘怒沉百宝箱》《卖油郎独占花魁》等。在这些作品里，强调人的感情和人的价值应该受到尊重，所宣扬的道德标准、婚姻原则，与封建名教、传统观念相违背。当然"三言"里也有一些描写神仙道化、宣扬封建伦理纲常的作品。这种进步和落后交织在一起的现象，正是新兴市民文学的基本特征。在艺术表现方面，"三言"中的优秀作品既重视故事完整、情节曲折和细节丰富，又调动了多种表现手段刻画人物性格，标志着中国短篇白话小说的民族风格和特点已经形成。"三言"是一个时代的文学，它的刊行不仅使许多宋元旧篇免于湮没，而且推动了短篇白话小说的发展和繁荣，影响深远。此外，冯梦龙尚著有长篇小说两种：《平妖传》和《新列国志》。前者增补了罗贯中的《平妖传》，冯梦龙在小说里，提供了"妖由人兴"这个发人深思的问题，描写手法也有特色，但其社会价值和意义远不及"三言"。《新列国志》是据余邵鱼《列国志传》"重加辑演"。它本于《左传》《史记》，旁及诸书，搜罗极富，考核甚详。凡列国的废兴存亡，行事的是非成败，人品的好丑忠奸，一一备载，联络成章，但文采不足，少艺术魅力，难以与《三国志演义》相埒，在小说史上的地位也不能与"三言"并论。

冯梦龙作为戏曲家，主要活动是更定传奇、修订词谱，以及在戏曲创作和表演上提出主张。冯梦龙创作的传奇作品，传世的只有《双雄记》和《万事足》两种，虽能守曲律，时出俊语，宜于演出，但所写之事缺少现实意义。

冯梦龙的散曲集《宛转歌》和诗集《七乐斋稿》，均已失传。从残存的数十首作品中可以看出，其散曲多"极摹别恨"之作。他的诗以通俗平易见长，虽不成诗家，但亦有可观之作。如在知县任上写的《催科》，其中便有"带青砣早稻，垂白鬻孤孙"之句。正如钟惺所评："下句更惨。二语出催科吏之口中，亦无可奈何之极矣。"（《明诗归》卷七）

此外，冯梦龙还曾参与校对精刻《水浒全传》，评纂《古今谭概》《太平广记钞》《智囊》《情史》《太霞新奏》等，并有笑话集、政论文等 10 余种传世，还撰有研究《春秋》的著作《麟经指月》。

吕天成

中国晚明戏曲理论家、剧作家。原名文，字勤之，号棘津，别号郁蓝生。浙江余姚人。万历间诸生。一生功名不得意。吕天成是晚明剧坛的多产作家，作品数量至今尚难作精确勘定。已知他写过《烟鬟阁传奇十种》和杂剧 8 种。另有小说《绣榻野史》《闲情别传》两种及《红青绝句》1 卷。吕天成的《曲品》是著名的曲学著作，它与王骥德的《曲律》并称明代戏曲理论著作的"双璧"。《曲品》的价值，表现在 4 个方面：第一，保存了丰富而珍贵的戏曲史料。第二，在品曲的标准方面，吕天成虽然主张"醒世""范俗"，但对迂腐的说教，并不赞赏。在艺术处理上，重视剧中人物的思想感情与关目中展示的生活环境的高度统一。在结构安排上，力主紧凑，反对拖沓。第三，对创作主张和风格流派不同的作家与作品，能尽量不带门户之见。从文艺批评的原则出发，做出比较公正的评价。第四，《曲品》对有争议的"当行"与"本色"论，做出了比较科学的诠释。指出当行与本色并不是对立的，而应当有机地统一于剧本的创作中。《曲品》现有《中国古代戏曲论著集成》本，较通行。

《曲品》（清宣统刻本）

凌濛初

中国明末小说家。字玄房，号初成，别号即空观主人。浙江乌程（今湖州）人。18岁补廪膳生，应举入试四中副榜。55岁以优贡授上海县丞，署海防事。63岁任徐州通判，并分署房村，料理河事。1644年在房村被李自成起义军一部围困，拒降，呕血而死。

凌濛初在文学上受李贽等思想影响，与汤显祖、袁中道等人交往，致力于小说戏曲创作。著有拟话本小说集《拍案惊奇》和《二刻拍案惊奇》（简称"二拍"），戏曲有《虬髯翁》《颠倒姻缘》《北红拂》《乔合衫襟记》和《蓦忽姻缘》等。

在凌濛初的所有著作中，以"二拍"影响最大。"初刻""二刻"各40卷，除去重复的，其中实有小说78篇。

从"初刻"的序言里，可以知道凌濛初是由于看到冯梦龙所编辑的"三言"行世颇捷，因而在"肆中人"怂恿下写了"二拍"。

"二拍"的部分作品具有积极意义。首先是有些作品反映了明代市民生活和他们的思想意识。如《转运汉遇巧洞庭红》写商人泛海经商事，《叠居奇程客得助》则表现商人的精神世界和经营准则。"二拍"中部分描写爱情和婚姻的作品，具有一定的社会内容。《李将军错认舅》，着力描写了刘翠翠和金定之间忠贞不渝的爱情。《宣徽院仕女秋千会》里的少女速歌失里，对父母从势利观点出发的悔盟迫嫁行为坚决抗争，终于实现和心爱的未婚夫

《二刻拍案惊奇》（明刻本）

相结合的美好愿望。《错调情贾母罾女》中贾闺娘与孙小官相爱，遭母横加干涉，后经种种曲折，这对有情人终成眷属。在《满少卿饥附饱飏》里批判了满少卿的忘恩负义、富贵易妻的丑恶行为，实际上提出在爱情婚姻生活中要求男女平等的观点。"二拍"中还有一类暴露封建统治阶级的贪婪凶残、荒淫好色的作品。《青楼市探人踪》里，通过狰狞贪婪的杨金宪和狠心夺产的张廪生这两个形象，揭示封建统治阶级阴险狠毒的本质；《进香客莽看金刚经》里写柳太守的贪婪卑劣；《王渔翁舍镜崇三宝》写提点刑狱使者浑耀为夺得宝镜而不惜将人打死的凶残。

"二拍"颇善于组织情节，因此多数篇章有一定吸引力，语言也还生动，但从总的艺术魅力来说，比"三言"差。

除小说戏曲外，还著有诗文集《国门集》《国门乙集》，辑增有《东坡禅喜集》14卷，辑评有《合评选诗》7卷等。

李渔

中国清代戏曲理论家和戏曲作家。本名仙侣，号天徒，后改名渔，字笠翁，又名笠鸿、谪凡。别署有笠道人、湖上笠翁、觉世稗官、随庵主人、新亭樵客等。浙江兰溪人。少年时代在如皋及原籍度过。30岁前，他几次参加乡试，均

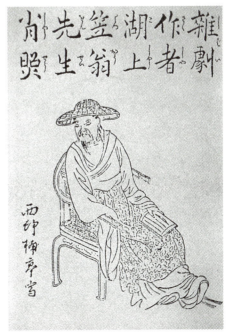

落第。弘光元年（1645），曾一度在金华同知许檄彩处做幕宾，约顺治五年（1648）以后，移家杭州，过着"卖赋以糊其口，吮毫挥洒怡如"（黄鹤山农《玉搔头》序）的生活，他的小说和戏曲作品大部分写于此时。顺治十四年（1657）前后，迁居金陵，结交了不少社会名流，如吴伟业、尤侗、王士禛、周亮工等人，与他们有唱和之作。他的生活来源除开设"芥子园"书铺，编写出版书籍以外，还以家姬组成戏班，亲自编写剧本，组织排演，周游各地，在达官贵人之间"打抽丰"。康熙十六年（1677），迁回杭

《意中缘》插图（清顺治年间刻本，蔡思璜镌刻）

州，3 年后去世，葬于西湖方家峪外莲花峰。

李渔出生在汤显祖《牡丹亭》问世后 13 年，洪昇《长生殿》和孔尚任《桃花扇》则在他的《笠翁十种曲》最终完成的二三十年后相继上演。这正是宋元南戏在民间长期流传后被文人作家所继承和改造，形成元代以后又一戏曲盛世的后期。丰富的舞台实践和创作经验有待总结和提高，千百种作品各以自己的个性而争奇斗艳。它们之间自然形成的共性则又令人久而思变，戏曲界得另辟蹊径，以满足公众新的要求。这就是李渔的戏曲理论和创作形成时的戏曲史背景。阮大铖比李渔略早，他的传奇《春灯谜》和李渔同时，以李玉为代表的苏州作家群也很注重舞台演出的技法和效果。李渔的作风和他们相近而走得更远。

李渔生平著述甚丰，有传奇《笠翁十种曲》，又有"湖上笠翁阅定绣刻传奇八种"，即《万全记》《十醋记》《补天记》《双瑞记》《偷

甲记》《四元记》《双锤记》《鱼篮记》。清黄文旸《曲海目》将《万全记》《偷甲记》《四元记》《双锤记》《鱼篮记》5种皆录为李渔撰。不确。"阅定"当指别人之作经过他的改编。此外，李渔还有诗文集《一家言》，小说《织锦迥文传》，短篇小说集《十二楼》《无声戏》，编辑有《芥子园画谱初集》《资治新书》等。

在中国戏曲史上，没有谁像李渔那样，把前人的戏曲创作和演出经验，以自己的观点做出全面的总结，并提高为理论，而后又在自己的创作中充分地加以贯彻。他的十种曲和《闲情偶寄》的《词曲部》可以两相对照而在体用之间无一不合。他的创作的成败同时也就是他理论上的得失。李渔的戏曲理论见于《一家言·闲情偶寄》，主要是对戏曲艺术形式的探讨。其中《词曲部》论述戏曲创作，《演习部》和《声容部》论述舞台艺术，即他所谓的"登场之道"。他把舞台演出和观众放在首要地位，词采、音律都处于从属地位。这是李渔戏曲理论的真髓，也是他对以前的戏曲理论的一种必要的纠正。按照李渔本人的解释以及他在创作中的实践，这就是把紧凑而复杂多变的情节结构放在第一位。因此，复式结构已成为李渔戏曲创作最擅长的手法。他的十种曲绝大多数都把情节结构建筑在一次或多次差错或误会之上。他告诫剧作家要"脱窠臼"，他自己也不止一次地以不落俗套而沾沾自喜。然而，实际上他所创造的别出心裁的结构，在多次重复之后成为又一俗套，这种情况大概是他所不曾料到的。在曲文或对白上，李渔的作品以文字优美流畅为特点，但总体上比较平庸，缺乏广为传诵的精彩篇章。综观李渔剧作的内容，多数在本质上是对封建时代一夫多妻制的赞扬。这固然有时代的局限，但是比它们更早的作品，如《西厢记》《牡丹亭》就不曾讴歌这样的社会现实。

李渔的戏曲理论为后世所推崇，除了系统性和完整性之外，他的主

要贡献在于：①编剧理论是密切联系舞台的演出实际进行探讨的，因而能深入浅出地揭示戏曲创作的若干规律，表现了鲜明的特色。②对前人较少涉及的"登场之道"做了系统的总结，在中国古代戏曲理论发展史上，是值得重视的突破。

蒲松龄

中国清代文学家。字留仙，又字剑臣，别号柳泉居士，山东淄川（今属淄博市）人。生于亦儒亦商的家庭，经过明清之际的战乱，家道衰落。自幼跟从父亲蒲槃读书，聪慧、勤奋，文思敏捷，19岁初应童子试，以县、府、道三试第一中秀才，受到时任山东学政的文学家施闰章的奖誉。此后屡应乡试不中，在科举途中挣扎了大半生，直到古稀之年，方得到岁贡生的科

名，不数年便辞世。

一生位卑家贫。25岁前后与兄弟析居，只分得几亩薄田和3间农场老屋。他志在博得一第，锐意攻读，常与同辈切磋，赋诗倡酬，无暇顾及家计，子女接连降生，生活更加艰窘。31岁时，曾任江苏宝应县令孙蕙的帮办文牍，一年后辞幕返家。此后，辗转于本县官宦之家，或为童蒙塾师，或代抄文稿，以糊口养家。康熙十八年（1679），入本县西铺村毕家坐馆。毕家在明代末年是尚书府第，入清后馆东毕际有曾任南通州知州，罢职归田，为当地一大乡绅。蒲松龄在毕家一面教毕际有子孙读书，一面代馆东

蒲松龄《拟表》手稿

书写应酬贺吊往来的文字，宾主相处得非常融洽。70岁撤账归家，终其余年。

蒲松龄的这种身份地位，使得他大半生摇摆于两种社会之间：一方面，他虽非农家子，但家境贫寒，一度径直是贫窭大众的一员，经受过生活的困苦和科举失意的折磨，没有进入仕途，便没有同灾难深重的平民百姓隔绝开来；另一方面，他长期与科举中人交往，特别是进入毕家后，经常接触缙绅名流、地方官员，赢得他们的赏识，待之以礼，最为荣幸的是曾结识了朝廷高官兼诗坛领袖王士禛，并有20余年的文字交往。

蒲松龄一生的文学生涯也是摇摆于传统的雅文学和民众的俗文化之间。他生长于农村，幼年受过乡村农民文艺的熏陶，会唱俗曲，也曾自撰新词，只是近世传抄的"聊斋小曲"多难辨真伪。他身为文士，以能文为乡里称道，所作文章多骈散结合，文采斐然，惜乎多是代人歌哭的应酬文字，只有几篇赋事状物的四六文才是属于他自己的作品，被近世辞赋史家推为清初辞赋能手。他也曾染指于词，篇什甚少，显然是出于一时的兴致或交往之所需，偶尔操笔。诗作甚丰。他进学伊始，意气风发，与学友张笃庆等人结"郢中社"，"以宴集之余晷，作寄兴之生涯"（《郢中社序》）。然社集倡酬诗不存，存诗起自康熙九年（1670）秋南游初程经青石关之作，最后一首为康熙五十三年除夕所作绝句，距其寿终仅22日，共千余首。其诗如其人，大抵皆率性抒发，质朴平实，可见其平生苦乐辛酸，及其伉直磊落性情。使他名著文学史册的《聊斋志异》，从青年时期开始写作，年至花甲方才逐渐辍笔。晚年转向为民众写作：一是用早年曾经尝试过的说唱文体，用民间曲调和方言俗语，作成《妇姑曲》《禳妒咒》《翻魇殃》《墙头记》等主要反映家庭伦理问题的俚曲，寓教于乐；一是为方便民众识字、种田、养蚕、医病，编写了《日用俗字》《历字文》《农桑经》《药

125

崇书》等通俗文化读物。

中华书局上海编辑所（今上海古籍出版社）1962年出版的路大荒整理之《蒲松龄集》，收录除《聊斋志异》外的蒲松龄的文、诗、词、俚曲、杂著各类作品。

洪 昇

中国清代戏曲作家、诗人。字昉思，号稗畦、稗村，又号南屏樵者，钱塘（今杭州）人。生于清顺治二年（1645）七月初一。父起鲛在清初曾出仕。外祖父黄机康熙二十一年（1682）任文华殿大学士兼吏部尚书。洪昇的妻子黄蕙是黄机的孙女。洪昇幼年的老师陆繁弨和毛先舒都是心怀明室、不愿仕清的士人，他的师执长辈中有不少是这样的人物。家庭和师友中的这两种情况，对他日后创作思想的形成都有影响。他拥护清王朝，同时又受到当时社会上遗民思想的影响。洪昇在仕途没能获得成功。他于康熙七年（1668）进国子监肄业，次年离京回乡。不久，因与父母关系恶化分居，生活贫困。十三年又到北京，直到二十九年，过了16年旅食京华的生活。他的朋友陈访《寄洪昉思都门四首》中说："我忆长安客，飘零寄此身。卖文供贳酒，旅食转依人。"其间他的父亲在康熙十八年"被诬遣戍"，更使他在坎坷生活中多了一桩灾难。二十八年八月，因在"国恤"期间演出《长生殿》，被劾下狱，最后受到革去国学生籍的处分，这对他是最大的打击。三十年回到浙江，更加潦倒。四十三年六月初一，舟经乌镇，酒后失足坠水而死。王蓍《挽洪昉思》中写道："家从破后常为客，名到成时转累身。归老湖山思闭户，何期七尺付沉沦。"这是说洪昇半世穷愁，他的杰作《长生殿》使他成名，却又为此遭到打击。这可以概括洪昇的一生。

洪昇的戏曲创作，据他的朋友徐材《天籁集·跋》说有40余种，现知传奇存目有9种：《长生殿》《回文锦》《回龙记》《锦绣图》《闹高唐》《孝节坊》《天涯泪》《青衫湿》《长虹桥》。杂剧有《四婵娟》。今仅存《长生殿》和《四婵娟》。自谓《长生殿》是其一生精力之所在（徐材《天籁集·跋》）。

《长生殿》插图

《四婵娟》杂剧共4折，各演一事。第1折《咏雪》，写晋代谢道韫故事；第2折《簪花》，写晋代卫茂漪（李矩妻）故事；第3折《斗茗》，写宋代李清照故事；第4折《画竹》，写元代管仲姬（赵孟頫妻）故事。洪昇在作品中对4位才女甚为赞赏，细腻生动地描写了她们的富有文学艺术情趣的家庭生活。

洪昇又是一位诗人，诗风以清整、疏澹见称，曾获清代著名诗人王士禛、沈德潜等的好评。他的诗歌大多为记游、赠送和感怀之作，反映了自己的穷困生活，间或也有一些同情民生疾苦和感叹兴亡的作品。今存诗集《啸月楼集》《稗畦集》和《稗畦续集》，诗稿《幽忧草》和词集《啸月词》《昉思词》已佚。此外，著有《诗骚韵注》，仅存残稿。

孔尚任

中国清代戏曲作家。字聘之，又字季重，号东塘，别号岸堂，自署云亭山人。山东曲阜人，孔子64代孙。康熙六年（1667）前后考取秀才。青年时期用心举业，留意礼、乐、兵、农诸学，考订古代乐律。康熙十七年（1678），结庐曲阜县东北石门山，隐居读书。他在这一时期所写的作品，辑成《石门山集》。康熙二十年（1681），以捐纳成为国子监生。康熙二十三年（1684），清圣祖玄烨南巡，返经曲阜，孔尚任被荐讲经，受到赏识。次年初，入京为国子监博士。他写的《出山异数记》，详细地记载了这段经历。康熙二十五年（1686），随工部侍郎孙在丰往扬州，参加疏浚黄河海口的工程。康熙二十八年（1689）暮冬离扬返京。三年多

的淮扬生活，使他对社会现实有比较清醒的认识，写了不少诗歌反映人民生活的苦难和官场的黑暗腐败。他辑入淮以后的诗文为《湖海集》，自说集中的作品是"呻吟疾痛之声"（《与田纶霞抚军》，《湖海集》卷八）。扬州当时为文人荟萃之地。他结识了冒襄、黄云、宗元鼎、邓汉仪等明末遗老。他还在扬州登梅花岭，凭吊了史可法的衣冠冢。在南京拜谒了明故宫、明孝陵，并去栖霞山白云庵会见曾任明锦衣卫的道士张怡。这些都使他增长了不少南明兴亡的实际知识，也为他日后创作《桃花扇》提供了丰富的素材。

回到北京以后，他的兴趣转移到旧书和古董的搜集上。康熙三十年（1691），他购得唐宫乐器"小忽雷"。3年后和友人顾彩合撰《小忽雷》传奇。该剧根据唐段安节《乐府杂录》的记载，描写梁厚本和郑盈盈的爱情故事，鞭挞暴虐骄横的权奸，痛斥趋炎附势的小人。但头绪纷繁，艺术上还不够成熟。

康熙三十四年（1695），迁户部主事，任宝泉局监铸。撰《人瑞录》。康熙三十六年（1697）七月，封承德郎。康熙三十八年（1699）六月，代表作《桃花扇》传奇问世。康熙三十九年（1700）三月，升户部广东司员外郎，不久罢官。罢官原因，现存史料中缺乏明确的记载。他自己说是"命薄忽遭文字憎，缄口金人受诽谤"（《放歌赠刘雨峰》），他的朋友刘中柱也说是

《桃花扇》插图

"事在莫须有更悲"（《送岸堂》，《真定集》卷三）。后人对此看法不一，有说是因《桃花扇》思想内容为清廷所忌而招祸，有说是因被诬卷入了贪污案件而去职。

孔尚任返京以后的诗作，结集为《岸堂稿》。康熙四十一年（1702）冬，孔尚任怀着激愤的心情，从北京回到故乡。康熙四十六年（1707）客山西霍州、平阳，纂修《平阳府志》。康熙五十一年（1712）春，应莱州知府陈谦之约，纂修《莱州府志》。康熙五十四年（1715）初，游淮扬寓刘廷玑淮徐观察署，选订《长留集》。《长留集》为孔尚任、刘廷玑二人诗歌的合集，收录了孔尚任出使淮扬期间的诸体诗。康熙五十七年（1718）卒于家。

著作除《桃花扇》传奇和上面提到的一些诗集外，还有《鳣堂集》《岸塘文集》《绰约词》，以及《画林雁塔》《享金簿》《会心录》《节序同风录》等。今人汪蔚林辑有《孔尚任诗文集》。

吴敬梓

中国清代小说家。字敏轩，号粒民，晚年自号文木老人，又自称秦淮寓客。安徽全椒人。生于全椒，卒于扬州。出身科甲鼎盛的缙绅世家。吴敬梓自幼过继给伯父吴霖起为嗣。雍正元年（1723）吴霖起辞世，由于是嗣子，遗产继承引起家庭纷争，家道从此衰微。23岁考取秀才。父亲死后家族遗产争夺对他刺激很大。他性情豪爽，不善理财，数年家产挥霍殆尽。雍正十一年（1733）移居南京，开始卖文的贫困生活。乾隆元年（1736）被荐举入京应博学鸿辞科的考试，托病未就。乾隆十九年客死扬州旅次，时年 54 岁。吴敬梓工诗善文，好为稗官小说，晚年也好治经。对科举制度有深刻认识，痛恨八股取士，在这种精神的主导下创作了长篇小说《儒林外史》。《儒林外史》的写作年代难以确定，经考据可知下半部在吴敬梓定居南京后写成。吴敬梓在世时以抄本流传，去世多年后才刻版印行。其他诗文结集《文木山房集》。另有《诗说》7 卷，今佚。

曹雪芹

中国清代小说家。名霑，字梦阮，号雪芹，又号芹圃、芹溪。祖籍辽阳，先世原是汉族，后为满洲正白旗"包衣"。

曹雪芹的曾祖曹玺任江宁织造。曾祖母孙氏做过康熙帝玄烨的保姆。祖父曹寅做过玄烨的伴读和御前侍卫，后任江宁织造，兼任两淮巡盐监察御史，极受玄烨宠信。玄烨六下江南，其中四次由曹寅负责接驾，并住在曹家。曹寅病故，其子曹颙、曹頫先后继任江宁织造。他们祖孙三代四人担任此职达60年之久。曹雪芹自幼在"秦淮风月"之地的"繁华"生活中长大。

雍正初年，由于统治阶级内部政治斗争的牵连，曹家遭受一系列打击。曹頫以"行为不端""骚扰驿站"和"亏空"罪名革职，下狱治罪，"枷号"一年有余，家产抄没。这时，曹雪芹随着全家迁回北京居住。曹家从此一蹶不振，日渐衰微。

经历了生活中的重大转折，曹雪芹深感世态炎凉，对当时社会有了更清醒、更深刻的认识。他蔑视权贵，远离官场，过着贫困如洗的艰难日子。

晚年，曹雪芹移居北京西郊，生活更加穷苦。他以坚忍不拔的毅力，专心致志地从事《红楼梦》的写作和修订。乾隆二十七年（1762），幼子夭亡，他陷于过度的忧伤和悲痛，卧床不起。到了这一年的除夕，终于因贫病无医而逝（关于曹雪芹逝世的年份，另有乾隆二十八年和二十九年两种说法）。

曹雪芹是一位诗人。他的诗立意新奇，风格近于唐代诗人李贺。他的友人敦诚曾称赞说："爱君诗笔有奇气，直追昌谷破篱樊。"又说："知君诗胆昔如铁，堪与刀颖交寒光。"但他的诗仅存题敦诚《琵琶行传奇》两句："白傅诗灵应喜甚，定教蛮素鬼排场。"

曹雪芹又是一位画家,喜绘突兀奇峭的石头,其中寄托了他胸中郁积的不平之气。

曹雪芹最大的贡献在于小说的创作。他的小说《红楼梦》内容丰富,思想深刻,艺术精湛,把中国古典小说创作推向最高峰,在文学发展史上占有十分重要的地位。

《红楼梦》是他"披阅十载,增删五次""字字看来皆是血,十年辛苦不寻常"的产物。可惜,在他生前,全书没有完稿。今传《红楼梦》120回本,其中前80回的绝大部分出于他的手笔,后40回则为他人所续。80回以后他已写出一部分初稿,但由于种种原因而没有流传下来。

高 鹗

中国清代文学家。字兰墅,一字云士。因酷爱小说《红楼梦》,别号"红楼外史"。汉军镶黄旗内务府人。祖籍铁岭(今属辽宁)。先世清初即寓居北京。他热衷仕进,累试不第,乾隆六十年(1795)始成进士。历官内阁中书、内阁侍读。嘉庆六年(1801)为顺天乡试同考官。晚年家贫官冷,两袖清风。

据张问陶《船山诗草·赠高兰墅鹗同年》诗自注说:"传奇《红楼梦》八十回以后,俱兰墅所补。"并有"侠气君能空紫塞,艳情人自说《红楼》"之句。一般认为长篇小说《红楼梦》的后40回是高鹗所续。一说是程伟元与高鹗共同续成,也有据乾隆间萃文书屋本《红楼梦》程伟元"序"及"引言"谈及陆续购得后40回续书残抄本事,认为另有续写之人，程、高只做了修补整理工作。乾隆末年程伟元流寓京师，得与高鹗相识，其时高鹗正当科场蹭蹬，"闲且惫矣"，遂于乾隆五十六年（1791）共同以活字版首次刊行120回《红楼梦》（世称"程甲本"）。翌年又大量改动前80回文字情节，续书亦多有修改，仍由萃文书屋印行（世称"程乙本"），此后坊间通行即此种刊本。

《红楼梦》后40回续书，无论在思想上还是在艺术上都显然不如曹雪芹所著前80回。但其最大贡献在于能大致遵循曹雪芹隐喻暗示的线索，完成全书的悲剧构思，使故事首尾完整，因而使《红楼梦》得以迅速广泛地流传开来。对于一些重要情节的处理，如贾府日渐衰败，大祸迭起而导致锦衣军的查抄，黛死钗嫁、宝玉出家以完成爱情故事的悲剧结局等，都能体察原作的艺术用心，与前书有所呼应，气氛也较一致，并具有一定感染力量。某些章节如夏金桂撒泼、贾政做官、黛玉焚稿及袭人改嫁等描写都较为生动。但续书存在严重缺陷，根本之点是背离了曹雪芹原著的精神，结尾写贾宝玉参加乡试中举，贾府衰败后居然又"沐皇恩""延世泽""兰桂齐芳""家道复初"等，显然有乖原作主旨，未能摆脱"大团圆"的窠臼。它还过多渲染了神鬼显灵、因果报应之类的迷信色彩。在人物性格、情节发展和细节描写等方面也存在许多失败之处。此外，程伟元、高鹗对前80回的改动，也在一定程度上损害了原著。尽管如此，与同时代的其他各种《红楼梦》续书相比，仍显胜过一筹。

所著今存《兰墅十艺》（稿本）、《吏治辑要》及诗集《月小山房遗稿》、词集《砚香词·簏存草》等。

刘 鹗

中国小说家。原名梦鹏，字云抟，改名鹗，字铁云，别署洪都百炼生、老铁、抱残等。江苏丹徒（今镇江）人。父官至河南道台，颇讲求治河之策。刘鹗少时侍父居河南，承袭家学，致力于数学、医学、水利学等实学，而不喜科场文字。后随父归里，移居淮安。光绪六年（1880）在扬州受业于太谷学派创始人周太谷嫡传弟子李光炘，深受影响。后应试不第，曾行医和经商。光绪十四年后，历入河南河道总督吴大澂，山东巡抚张曜、福润幕府，帮办治理黄河，以"奇才异能"咨送总理各国事务衙门考察；后被保荐以知府任用，未就。二十二年，应湖广总督张之洞之召赴武汉，筹议借外资建芦汉铁路。二十三年，应英国福公司之聘，任

经理，擘画开采山西、河南、浙江等地矿产。八国联军侵入北京时，刘鹗出资购买被联军所掠之太仓储粟，以赈济北京饥民。后曾在上海、北京筹建工厂，均未成功。三十四年，遭袁世凯等诬陷，被清政府以"私售仓粟"罪充军新疆，病卒于迪化（今乌鲁木齐）。

刘鹗信奉太谷学派。太谷学派反对宋儒理学强分理、欲，肯定"人情""人欲"的合理性，主张以"养民"为本，"富而后教"等见解，对刘鹗一生思想、行事及创作都有深刻的影响。他关注国计民生，对帝国主义和清朝统治集团掠夺压榨造成国弱民困，深感痛愤和忧虑。但对康、梁的变法不以为然，更反对"北拳南革"（即义和团和革命党）。他的"扶衰振敝"之方，是利用外国资本和技术兴办实业，筑路开矿，但在帝国主义加紧侵略和经济掠夺、清王朝已经腐朽的情况下，不仅其方案不可能实现，甚至他也不被国人理解，以致"世俗交谪，目为汉奸"（罗振玉

《刘铁云传》)。

在多年努力均归失败之后，他以自己的经历、闻见为基础，创作小说《老残游记》，意在以他的"哭泣"来"醒世"(《自序》)。在清末小说中占有特殊地位。其他谴责小说多抨击贪官腐败，而《老残游记》则突出暴露所谓"清官"实为任意屠杀无辜的酷吏和不顾百姓死活的昏官，揭示了整个统治集团残暴腐朽的本质。小说中的老残形象，反映刘鹗本人以及当时一批士人，意识到"棋局已残"，却还想"补残"，而又"无下手处"的矛盾心态，有一定的代表性。小说的描写艺术也历来为人称道。

刘鹗诗风格清新俊逸，著有《铁云诗存》。他又是文物收藏家和甲骨集藏家，其《铁云藏龟》一书，最早将甲骨卜辞公之于世，实为中国研究甲骨文之先驱。另刊有《铁云藏匋(陶)》《铁云泥封》等。此外，还有数学著作《勾股天玄草》《弧角三术》，治河著作《历代黄河变迁图考》(10卷)、《治河七说》等。